贾祖璋

科普大师经典馆

U0576911

鸟与文学

贾祖璋 著

中国国际广播出版社

壁上挂一把拉皮黄调的胡琴与悬一张破旧的无弦古琴，主人的胸中的情调是大不相同的。一盆芬芳的蔷薇与一枝枯瘦的梅花，在普通文人的心目中，也会有雅俗之分。这事实可用民族对于事物的文学历史的多寡而说明。琴在中国已有很浓厚的文学背景，普通人见了琴就会引起种种联想。胡琴虽时下流行，但在近人的咏物诗以外却举不出文学上的故事和传说来，所以不能为联想的原素。蔷薇在西洋原是有长久的文学的背景的，在中国，究不能与梅花并列。如果把梅花放在西洋的文人面前，其感兴也当然不及蔷薇的吧。

文学不能无所缘，文学所缘的东西，在自然现象中要算草、虫、鸟为最普通。孔子举读《诗》的益处，其一种就是说"多识乎鸟兽草木之名"。试翻《毛诗》来看，第一首《关雎》，是以鸟为缘的，第二首《葛覃》，是以草木为缘的。民族各以其常见的事物为对象，发为歌咏或编成传说，经过多人的歌咏及普遍的传说以后，那事物

就在民族的血脉中，遗下某种情调，呈出一种特有的观感。这些情调与观感，足以长久地作为酵素，来温暖润泽民族的心情。日本人对于樱的情调，中国人对于鹤的趣味，都是其他民族所不能翻译共喻的。

事物的文学背景愈丰富，愈足以温暖润泽人的心情，反之，如果对于某事物毫不知道其往昔的文献或典故，就会兴味索然。故对于某事物关联地来灌输些文学上的文献或典故，使对于某事物得扩张其趣味，也是青年教育上一件要务。祖璋的《鸟与文学》，在这意义上，不失为有价值的书。

小泉八云（Lafcadio Hearn）曾著了一部有名的《虫的文学》，把日本的虫的故事与诗歌，和西洋的关于虫的文献比较研究过。我在往时读了很感兴趣。现在读祖璋此书，有许多地方，令我记起读《虫的文学》的印象来。

1931 年 1 月丏尊题记

目录

燕 ·· 1

  1 名称与种类 ································· 2

  2 习性 ··· 7

  3 为谁归去为谁来 ······················· 11

  4 旧地重临 ································· 13

  5 双燕与双燕离 ··························· 16

  6 燕子与杨柳 ······························ 19

  7 神话 ··· 22

  8 白燕之瑞 ································· 25

  9 燕窝 ··· 27

鸂鶒 ··· 29

  1 释名 ··· 30

  2 形态 ··· 32

  3 生活 ··· 34

  4 饲养 ··· 36

黄鸟·······································39

  1 释名·····································40

  2 种类·····································44

  3 形体·····································45

  4 生活·····································46

  5 歌鸣·····································48

  6 饲养·····································52

  7 迁乔与求友·····························53

  8 日本的莺·······························55

  9 杂记·····································57

鹁鸠·······································59

  1 旧记载·································60

  2 新记载·································62

  3 鸣声···································65

伯劳 ································· 67

  1 释名 ····························· 68

  2 种类 ····························· 71

  3 习性 ····························· 73

  4 传说 ····························· 75

画眉 ································· 77

  1 文学上的画眉 ················· 78

  2 科学上的画眉 ················· 80

  3 饲养法 ························· 82

戴胜 ································· 85

翡翠 ································· 91

  1 种类 ····························· 92

  2 习性 ····························· 95

  3 应用 ····························· 98

4 神话 ···································· 101

5 鹬 ······································ 103

杜鹃··· **105**

1 望帝春心托杜鹃 ···················· 106

2 不如归去 ····························· 108

3 啼血深怨 ····························· 112

4 杜鹃花 ······························· 114

5 别名种种 ····························· 117

6 杜鹃何鸟 ····························· 121

鸤鸠··· **123**

1 催耕之鸟 ····························· 124

2 奇异的育雏 ························· 128

3 毛虫的仇敌 ························· 131

鸠··· **133**

1 纷杂之鸠名 ························· 134

2 鹁鸠和鹘鸠 ························· 135

3 鹘鸠和鸤鸠 ························· 138

4 祝鸠 ································· 140

5 雉鸠与斑鸠 ························· 142

　　6 不噎之鸟 ···················· 144

　　7 唤雨和逐妇 ·················· 146

　　8 白鸠青鸠和红鸠 ·············· 148

鸥 ····························· 151

　　1 名称形态种类 ················ 152

　　2 闲客 ······················· 154

　　3 鸥与人生 ···················· 157

鹤 ····························· 159

　　1 古之好鹤者 ·················· 160

　　2 鹤与神仙 ···················· 165

　　3 鹤舞 ······················· 170

　　4 鹤的种类 ···················· 172

　　5 鸟类的灭绝 ·················· 176

秧鸡 ···························· 179

　　1 秧鸡 ······················· 180

　　2 姑恶鸟 ····················· 182

　　3 苦呀鸟 ····················· 185

　　4 鹩鸡 ······················· 189

孔雀 ··· 191

  1 史谈 ··· 192

  2 形态 ··· 194

  3 雌雄淘汰 ····································· 197

  4 习性 ··· 199

  5 饲养 ··· 201

  6 应用 ··· 205

  7 白孔雀 ·· 207

鹧鸪 ··· 209

  1 形态与习性 ································· 210

  2 飞必南翥 ····································· 211

  3 行不得也哥哥 ······························ 214

  4 饲养与应用 ································· 217

雁 ··· 219

  1 雁白雁朱雁 ································· 220

  2 雁鸣 ··· 223

  3 雁的来去 ····································· 225

  4 衔芦的传说 ································· 229

  5 雁阵和雁字 ································· 232

  6 雁奴和孤雁 ································· 234

7 几则寓言 ·························· 239

兔 ·································· 241

1 种类和形态 ······················ 242
2 狩猎 ···························· 245
3 咏兔诗歌 ······················· 247

鸳鸯 ································ 251

1 恋爱之鸟 ······················· 252
2 鸳鸯与鸂鶒 ····················· 257
3 杂谈 ···························· 264

鹭 ·································· 267

1 咏鹭的诗歌 ····················· 268
2 形态 ···························· 271
3 生活 ···························· 273
4 苍鹭 ···························· 276
5 鹚鶒 ···························· 277
6 神话 ···························· 280

跋 ·································· 283

参考书目 ···························· 286

燕

1 名称与种类

　　自从春风吹醒了芳草以后，依依袅袅的杨柳垂枝的点点银色芽苞中，抽放着浅黄嫩绿的新叶；秃濯僵立的桃李枯丫间，也点缀着娇红洁白的花葩。当晶莹和暖的阳光照耀万物的时候，在这红桃绿柳中间，更容易瞥见一种呢喃软语、轻扬梭穿的鸟类，那就是燕子。它是我们最熟知的一种鸟类，你看："燕燕于飞，差池其羽。""燕燕于飞，颉（xié）之颃（háng）之。""燕燕于飞，上下其音。"（《诗经·邶风》）2000余年以前的诗人，已经能够这样细腻地描写它的生活情形了。不论何种比较为我们所熟知的鸟类，每每因了地域或时代的关系，都有许多异名，燕也是这样：

　　鳦（yǐ）　"燕燕鳦。"注："齐人呼鳦。"（《尔雅》）

　　　　　　"燕一名鹥鴯（yì ér），齐曰燕，梁曰鳦。"（《广雅》）

　　乙　"齐鲁谓之乙，取其名自呼。"（《说文》）

　　　　　　"燕字篆文象形。乙者其鸣自呼也。元者其色也。鹰鹞（yào）食之则死，能制海东青鹘，故有鸷鸟之称。能兴波祈雨，故有游波之号，雷敩云'海竭江枯，投游波而立泛'是矣。京房云：'人见白燕，主生贵女，故燕名天女。'"（《本草纲目》）

　　鹥鴯　见鳦。

　　意而　"鸟莫智于意而，目之所不宜处不给视，虽落其实，弃之而走；其畏人也而袭诸人间，社稷存焉尔。"（《庄子》）

"周穆王迎意而子居灵卑之宫，访以至道。后欲以为司徒，意而子愀然不悦，奋身化作元鸟，飞入云中。故后人呼元鸟为意而。"（《琅嬛记》）

元鸟　见乙，见意而。

"仲春之月，元鸟至。……仲秋之月，元鸟归。"（《礼记·月令》）

"天命元鸟，降而生商。"（《诗经·商颂》）

玄鸟　元与玄通，故元鸟或作玄鸟。

乌衣　"乌衣澹碧空。"（李峤《燕》诗）

鸷（zhì）鸟　见乙。

"燕一名天女，一名鸷鸟。"（《古今注》）

朱鸟　"《广雅》又以朱鸟为燕。"（《尔雅义疏》）

游波　见乙。

天女　见乙，见鸷鸟。

"昔有燕飞入人家，化为一小女子，长仅三寸；自言天女，能先知吉凶。故至今名燕为天女。"（《琅嬛记》）

神女　"燕一名神女。"（《中华古今注》）

这里只想考查燕的各种别名；引用文词中，或为神话，或涉迷信，均所不计。连原名燕，叠名燕燕，并现在流行的俗名燕子，如是一共有15个名称。但所谓燕者，我国所产，并不是只有一种，这在古人，也已经明白：

社燕　"巢于梁间，春社来，秋社去，故谓之社燕。栖于崖岩者为土燕。"（《广雅》）

土燕　见社燕。

"石燕似蝙蝠，口方，食石乳汁。""《广志》云：'燕有三种，此则"土燕乳于岩穴者"是矣。'"（《本草纲目》）

石燕　见土燕。

越燕　"燕有两种，紫胸轻小者是越燕，有斑黑而声大者是胡燕。陶隐居曰：'越燕多在堂室中梁上作巢；胡燕多在檐下作巢。'"（《本草纲目》）

胡燕　见越燕。

汉燕　"世说薅泥为窠，声多稍小者，谓之汉燕。"（《西阳杂俎》）

紫燕　"紫燕来巢，主其家富益。此燕与乌燕同类而异。凡名曰含胡儿，又名黄腰燕子。营巢却与乌燕绝不相似。"（《田家杂候》）

乌燕　见紫燕。

含胡儿　见紫燕。

黄腰燕子　见紫燕。

沙燕　明顾璘有《诮沙燕赋》，别无记载。

归纳上列 11 种的名称，可得 4 种燕子：

（1）社燕即越燕或汉燕，亦名乌燕，就是我们最习见的普通燕，也叫家燕。形体稍小，巢于梁间。

（2）胡燕即紫燕，俗名含胡儿或黄腰燕子。巢长，作壶形，不似普通燕那样作兜形。今名为赤腰燕者是。

（3）土燕即石燕，巢岩穴中。

（4）沙燕自为一种，也叫土燕，与石燕同名，今名穴沙燕。

普通的燕是 *Hirundo rustica gutturalis* Scop.，古来关于燕的种种记载，大半是指这一种；形态和习性，且待下文再详述之。

赤腰燕和普通的燕同属，近缘有多种，最常见的一种是 *H. daurica nepalensis Hodgs.*，腰和下背作橙赤色，以是为名。胸部有黑色细条纹，所以英名为 Striated Swallow。背面黑色，尾羽不似普通燕那样有白点，形体较大。巢作壶形，也是一个异点。此种鸟类，是我国长江下游极常见的夏鸟。飞行没有普通燕那样迅疾。常翱翔于空中，特别是将雨的天气，在湖上或空中觅食的时候，最为常见。

石燕〔*Ptyonprogne rupestris*（Scop.）〕，尾羽较短，边尾羽有白点。上部灰褐，腹面赤褐，腿部裸出，是它的特点。分布区域很广，从太平洋沿岸一直到印度、欧洲和非洲北部。大卫（David）氏说："中国西部和蒙古的山上，各处都有。"在云南的东部，大概它是居留的。魏尔特（Wilder）、哈柏德（Hubbard）二氏说："夏季很普通的见于各处山顶和深峡中。"它的巢形状和家燕相似，常常筑在突出的岩石下面。

沙燕是较为小型的一属，普通所见者为 *Riparia riparia ijimae*（Lönnberg）。尾羽也短；上面灰褐色，腹面洁白。魏尔特和哈柏德二氏说："直隶平原的泥沙滩上，极为常见。其繁殖地，则在蒙古边界，巢筑在极低的堤岸下。"明代顾璘有一篇《诮沙燕赋》，是关于此鸟的唯一旧记载，序端数字，对于它的习性，记载得很确实："河朔之野，川崖壁起；有鸟曰沙燕，穴居鷇（kòu）化，以陋见全，厥类日夥。人舟过惊，则飞噪凭怒。"

费寀有一首《土燕》诗，也在描写这种沙燕："利嘴穿虚壤，卑栖足自支。晚归先认穴，春哺亦知时。避隼栖林莽，随虫掠水湄。画梁原不爱，于世更何疑。"

家燕

2 习性

此种习见的鸟类，形态方面，实亦无庸多说；若引用科学上的详细记载于此，恐反令读者索然寡味。李时珍云："大如雀而身长，籥（mí）口，丰颔，布翅，歧尾。"这可算已经将它的概形完全写出了；现在就进而记述它的生活情状。它筑巢于我们屋内，对我们十分亲近。有人曾以之和雀相比，云："黄雀之为物也，日游于庭，日亲于人，而常畏人，而人常挠之。元鸟之为物也，时游于户，时亲于人，而不畏人，而人不挠之。彼行促促，此行伴伴；彼鸣啾啾，此鸣锵锵；彼视矍矍，此视汪汪；彼心戚戚，此心堂堂。"（《谭子化书》）这是分析得很好的。巢作兜形，从池沼边或水潭中衔泥，丸成小球，再和羽毛杂草等堆合而成。这个衔泥筑巢的现象，古人作为极好的诗料：

卷幕差池燕，常衔浊水泥。为粘朱履迹，未等画梁齐。旧点痕犹浅，新巢绵尚低。不缘频上落，那得此飞栖。

（顾况《空梁落燕泥》）

前村春社毕，今日燕来飞。将补旧巢阙，不嫌贫屋归。衔泥和草梗，倒翅过柴扉。岂比惊丸鸟，迎人欲拂衣。

双燕衔泥日，深堂拂玉琴。不教关阁户，乃见主人心。掠水飞殊捷，迎风去已禁。短书犹可寄，聊尔托微吟。

（梅尧臣《燕》）

衔泥旧燕垒新巢，来往如辞曲折劳。蜗舍虽微足容尔，画梁争得几多高？

（刘秉忠《留燕》）

海棠开后月黄昏，王谢楼台寂寂春。柳外东风花外雨，香泥高垒画堂新。

（张弘范《新燕》）

巢筑成后，我们长江一带以及北部，约在 5 月中产卵。在福建，大概 4 月就产卵，因为 5 月的第 2 或第 3 个星期，已见雏鸟飞翔。

不论何种鸟类，哺育雏鸟，总是异常辛苦的。白居易有一首诗，虽然他作诗的本意，是在后半的寓意，而且说燕子的食物为青虫，不合事实，但描写哺雏的情况，实在形容尽致，活现纸上：

梁上有双燕，翩翩雄与雌。衔泥两椽间，一巢生四儿。四儿日夜长，索食声孜孜。青虫不易捕，黄口无饱期。嘴爪虽欲弊，心力不知疲。须臾千来往，犹恐巢中饥。辛勤三十日，母瘦雏渐肥。喃喃教言语，一一刷毛衣。一旦羽翼成，引上庭树枝。举翅不回顾，随风四散飞。雌雄空中鸣，声尽呼不归。却入空巢里，啁啾终夜悲。燕燕尔勿悲，尔当反自思：思尔为雏日，高飞背母时。当时父母念，今日尔应知。

（《燕诗示刘叟》）

燕子的脚，甚为屠弱，除衔泥啄草外，不常下降地面。双翼十分强健，所以时时回翔空中。飞翔的速力很大，据说 1 小时可行 180 里；但因种种阻碍，或随时休息，平均总不过 36~37 里而已。

燕子的歌鸣，也是很值得我们注意的。有轻快流利的调子，清脆婉转的音节。或随飞随鸣，如仙音飘堕；或幽栖低唱，若喁喁私语。傍晚的时候，见它们并栖电线上，动摇小首，流出微音，这是天然的乐音，也是天然的乐谱。我们细辨它的鸣声，有时好像语言，差不多在对我们说：

借你屋来住，

不吃你米，

不吃你粞，

只借你屋来住。（你作复数用，照海宁俗音，读作"奶"。）

所以在诗词中，就每以"语"字来形容它的歌鸣，例如：

湖南为客动经春，燕子衔泥两度新。旧入故园尝识主，如今社日远看人。可怜处处巢居室，何异飘飘托此身。暂语船樯还起去，穿花贴水益沾巾。

（杜甫《燕子来舟中作》）

年去年来来去忙，春寒烟暝渡潇湘。低飞绿岸和梅雨，乱入红楼拣杏梁。闲几砚中窥水浅，落花径里得泥香。千言万语无人会，又逐流莺过短墙。

（郑谷《燕》）

一别天涯十见春，重来白发一番新。心知话尽春愁处，相对依依似故人。

（李纯甫《燕子》）

三月巢干雏未成，茅堂来往日营营。说残午梦千声巧，剪

破春愁两尾轻。宫柳阴浓金锁合，水芹香细绿波晴。画栏十二
无人倚，一半梨花一半莺。

（朱讷《燕》）

江南燕，轻飏（yáng）绣帘风。二月池塘新社过，六朝宫
殿旧巢空。颉颃恣西东。

王谢宅，曾入绮堂中。烟径掠花飞远远，晓窗惊梦语匆匆。
偏占杏梁红。

（王琪《望江南》）

  燕子，不但鸣声悦耳，不但依依可人；而且它对于我们，还有
极大的实利关系。它来筑巢育雏的时候，正是害虫开始猖披跋扈的
当儿。它虽然仅仅借住我们一些房子，却与我们许多酬报：它随时
随刻，随处随地，捕取那些毁灭我们重要农作物的害虫为食饵，使
我们得有较多量的收获。美国的学者，当一次蝗害发生的时候，捕
取鸟类，施以解剖，仅8羽的燕，发现胃中有虫326只；你想我们
整天所见成千成万的活泼飞翔的燕，它们所扑灭的害虫数，将如何
计算呢？再想，这无量数的害虫，假如没有它们来扑灭，又将发生
何种现象呢？

3 为谁归去为谁来

一燕海上来，一燕高堂息。一朝相逢遇，依然旧相识。问余何来迟？山川几纡直？答言海路长，风驰飞无力。昔别缝罗衣，春风初入帷；今来夏欲晚，桑蛾薄树飞。

（吴均《赠杜容成》）

双燕今朝至，何时发海滨。窥人向檐语，如道故乡春。

（徐璧《春燕》）

燕子营巢得所依，衔泥辛苦傍人飞。秋风一夜惊桐叶，不恋雕梁万里归。

［刘子翚（huī）《燕子》］

照这几首诗的意思，以及《礼记·月令》所云："元鸟至"和"元鸟归"，可见古人已经承认燕为候鸟，是有来又有去的了。但他们并不了解去至何方，所以到了后来，反多误解：或以为它去到乌衣国那样神幻的地方，如李晏《赠燕诗》云："王谢堂前燕，秋风又送归。向人如惜别，入户更低飞。海阔迷烟岛，楼高近落晖。不知从此去，几日到乌衣？"这当然只是文学的玄想，不能作真事实看。或以为它冬季蛰伏而不渡海，如李时珍云："其去也，伏气蛰于窟穴之中；或谓其渡海者，谬谈也。"《文昌杂录》更说："世言燕子至秋社乃去，仲春复来。昔年，因京东开河，岸崩，见蛰燕无数，乃知燕亦蛰尔，惊蛰候中气乃出，非渡海也。"大卫氏说，从乡人处听来，大群的石燕，冬季是失去知觉而伏处岩穴中。赖吐税（La Touche）氏说，中国人误认燕子的移徙现象，较中世纪的欧洲更甚；无知识的人以为鸟类自然是蛰伏的。这个见解，大概起源于对蝙蝠的误认。也是赖吐税氏所说，蝙蝠和燕子的称呼，我国北方，声音极相近似。郝懿行《尔雅义疏》，蝙蝠条下注云："《新序·杂事五》云：'黄鹄白鹤，一举千里；使之与燕服翼，试之堂庑之下，庐室之间，其便未必能过燕服翼也。'"王德瑛说："燕服翼是一物，今东齐人谓之燕蝙蝠是也。"蝙蝠亦冠以燕名，可见确是极易误会的了。

原来燕子（专指普通的家燕）的分布区域极广，据培克（Baker）氏说："冬季远至澳洲，并发现在亚洲东南的全境。"是以刘氏说它"万里归"，并不为过；只是它仍在人世之间，并非如李氏所设想，到一处仙境的乌衣国罢了。它2月上旬，来到我们较为温暖的广东境内；3月初到达福建；中旬就可在长江一带见其踪迹；黄河流域，大概要迟至4月初，更北的地方，更在其后了。归程开始于8月，终于10月；有些特殊的例外，可以迟留到11月中，又和别种的候鸟同样，若广东等较为和暖之处，有少数是终年迷留不归的。不过它们仍是活泼生动，并不伏气蛰居。

痴憨的诗人，又曾经疑问地说："翩翩双燕画堂开，送古迎今几万回。长向春秋社前后，为谁归去为谁来？"［欧阳澥（xiè）］这首诗倒是提出一个燕子何以会移徙的问题。不过这个问题，颇为复杂，非三言两语可以结束，此地不再缕陈了。

4 旧地重临

现今科学上，为研究候鸟迁徙的途径，或飞行的速力等，常设法捕取野鸟，于其足上，系以标帜，释之使去；到了别处，再行捕住，以便考查与计算。燕子的巢居，据最近日人仁部富之助氏的研究，确有回归旧处的习性。我国证明此事，乃在 2000 余年以前；据说吴王宫人，尝剪去燕爪，以验它能否重来。这样游戏的事情，倒暗合于科学的研究呢。后来晋人傅咸，也作过一次实验，他在《燕赋》的序文中说："有言燕今年巢在此，明年故复来者。其将逝，剪爪识之，其后果至焉。"这剪爪是用以志认的一种方法。另有一法，以缕系其足："霸城王整之姊，嫁为卫敬瑜妻，年十六而敬瑜亡。父母舅姑咸欲嫁之，誓而不许，乃截耳置盘中为誓，乃止……所住户有燕巢，常双飞来去。后忽孤飞，女感其偏栖，乃以缕系脚为志。后岁此燕果复更来，犹带前缕。女复为诗曰：'昔年无偶去，今春犹独归；故人恩既重，不忍复双飞。'"（《南史·张景仁传》）这个故事，在《贤弈》一书中，就演成一个神话："宋末姚玉京嫁襄州小吏卫敬瑜。卫溺死，玉京孀居。有燕巢梁间，一为鸷鸟击死，一孤飞徘徊，至秋，止玉京臂，俨如告别。玉京以红缕系足曰：'新春复来为吾侣也！'明年果至，因赠诗……自尔秋归春来，凡六、七年。玉京死，明年燕来，周章哀鸣。家人语曰：'玉京坟在东郭。'燕遂飞至坟所，亦死。每风清月明，襄人见玉京与燕同游汉水之滨。"

这两种志认的方法，都为女子所首先实验；而且一为宫人，一为嫱妇。大概燕子翩翩轻扬，呢喃蜜语，其行其止，都似情侣绸缪，因此凄凉幽怨的宫人嫱妇，易于触景生情，感动弥深。以下还有一个故事："长安巨商任宗为贾于湘中，数年不归。其妻绍兰睹堂燕长吁曰：'我闻尔从东海来，往复必经由乎湘中；我婿离家不归数岁，欲凭尔附书任郎可乎？'燕即飞下。绍兰作诗一绝云：'我婿去重湖，临窗泣血书。殷勤凭燕翼，寄与薄情夫。'将诗系燕足，燕遂飞鸣而去。时宗在荆州，忽有燕绕身而飞，止于肩，足有小封，乃妻所书也。宗感而泣下，次年归。"（《开元天宝遗事》）在这个故事中，小小的玄燕，又成为离人的使者了。

> 翩翩堂前燕，冬藏夏来见。兄弟两三人，流宕在他县。
>
> （《古诗》）

金宣抚使田琢，字器之，从军塞外；舍中有燕来巢，土人不识，屡欲捕之，琢曲为全护。一日，飞止坐隅，巧语移时不去。琢悟明日秋社，燕当归，此殆为留别语也。因作诗赠云："几年塞外历奇危，谁谓乌衣亦北飞。朝向芦陂知有为，暮投第舍重相依。君怜我处频迎语，我忆君时不掩扉。明日西风悲鼓角，君应先去我何归？"遂为蜡丸系其足上。又数年，为潞州观察判官；一日，坐廨舍之含翠堂，忽双燕至；一飞檐户间，一上砚屏，谛视即前燕也，其蜡丸尚在。

> （《中州集》）

这都不是女子，但也有离绪别衷，无怪他们对于燕子，也有这样真挚的情感。

树燕

5 双燕与双燕离

由上看来，双燕极能动人感兴；它那翩翩自如、翱翔无羁的精神，实足为人所羡慕。诗歌是情感的表现，所以双燕遂为最广用的诗歌材料：

　　双燕戏云崖，羽翰始差池。出入南闺里，经过北堂陲。意欲巢君幕，层楹不可窥。沉吟芳岁晚，徘徊韶影移。悲歌辞旧爱，衔泪觅新知。

（鲍照《咏双燕》）

　　双燕有雄雌，照日两差池。衔花落北户，逐蝶上南枝。桂栋本曾宿，虹梁早自窥。愿得长如此，无令双燕离。

（萧纲《双燕离》）

　　汉宫一百四十五，多下珠帘闭琐窗。何处营巢夏将半，茅檐烟里语双双。

（杜牧《村舍燕》）

　　豪家五色泥香，衔得营巢太忙。喧觉佳人昼梦，双双犹在雕梁。

（李中《燕》）

　　同样的诗歌，列举起来，不难写录5页10页；暂且丢开，再读一首词罢："过春社了，度帘幕中间，去年尘冷。差池欲住，试入旧巢相并。还相雕梁藻井，又软语、商量不定。飘然快拂花梢，翠尾分开红影。　　芳径。芹泥雨润。爱贴地争飞，竞夸轻俊。红楼归晚，看足柳昏花暝。应自栖香正稳，便忘了、天涯芳信。愁损玉人，日日画栏独凭。"（史达祖《双双燕·咏燕》）燕子是"栖香正稳"，而人却是"日日画栏独凭"，两相对比，多么深刻。

　　　　双燕双飞，双情相思。容色已改，故情不衰。双入幕，双出帷。秋风去，春风归。幕上危，双燕离。衔羽一别涕泗垂，夜夜孤飞谁相知。左回右顾还相慕，翩翩桂水不忍渡。悬目挂心思越路，萦郁摧折意不泄，愿作镜鸾相对绝。

　　　　　　　　　　　　　　　　　　（沈君攸《双燕离》）

　　　　双燕复双燕，双飞令人羡。玉楼珠阁不独栖，金窗绣户长相见。柏梁失火去，因入吴王宫。吴宫又焚荡，雏尽巢亦空。憔悴一身在，孀雌忆故雄：双飞难再得，伤我寸心中。

　　　　　　　　　　　　　　　　　　（李白《双燕离》）

　　双燕也有分离的时刻，但这不仅是燕的惆怅而已。

　　以上这些诗篇，不免情调过于低沉，不甚可取。另有一些，如"绣户珠帘有路歧，别时嫌早到嫌迟。主家只解怜毛羽，浣尽雕梁不自知。"（李东阳《燕》）"底处双飞燕，衔泥上药栏；莫教惊得去，留取隔帘看。"（范成大《双燕》）对燕是一种欣赏、爱护、怜惜的态度，那就有积极的意义。从来对于燕子，不加些微扰害，让它巢居室内，一部分缘故，大概就在于此。另一部分缘故，则是迷信。旧记载说："蛟龙嗜燕，人食燕者不可入水。"否则当"为蛟龙所吞"（《本草纲目》引《淮南子》高诱注文）。因为这样，所以人就不会捕虐燕类。现在俗传，则以捕燕易染癞疮为说，用以禁止儿童虐杀它们。真正原因，大概还是因为它身轻肉少，不足供食用；羽毛等物，亦无所用之故。文化程度稍进，迷信的壁垒，即易崩颓；我们要彻底了解燕为益鸟，真实地加以保护才是。须知要在我们的保护之下，才能见到它们翩翩飞翔的可爱的姿态。

6 燕子与杨柳

　　将泥红蓼岸，得草绿杨村。命侣添新意，安巢复旧痕。去应逢阿母，来莫害皇孙。记取丹山凤，今为百鸟尊。

（李商隐《越燕》）

　　镇日双栖向画梁，有时飞去为谁忙？得泥趁暖添芹垒，掠水因风贴柳塘。语重唤回芳草梦，舞轻时冒落花香。五陵年少伤春恨，书系红丝拟寄将。

（葛起耕《赠燕》）

　　清江朱楼相对开，去年燕子双归来。东风吹高社雨歇，一日倏忽飞千回。翻身初向烟中没，掠地复穿花底出。花飞烟散江冥冥，城郭参差满斜日。无情游子去不还，短书寄汝秋风前。绣帘不卷春色断，空梁泥堕琵琶弦。飞樯舟舟潇湘浦，春尽天涯路修阻。一夜相思柳色深，独上楼头泪如雨。

（吴师道《燕子行》）

　　燕燕何处飞？相见江南路。蕙香细雨春，柳色芳烟暮。才从箔外归，复向身前度。莫入未央宫，身轻有人妒。

（高启《燕燕于飞》）

　　最爱堂前燕，高飞忽复低。趁风穿柳絮，冒雨掠花泥。帘影朝双舞，梁尘晚并栖。绿窗离思切，肠断各东西。

［袁袠（zhì）《燕》］

这些咏燕的诗，多提及杨柳，诚以翩跹轻扬的燕子，和依依袅袅、疏朗柔嫩的柳枝，风韵完全类似。又如本文篇首所说，燕子初来，适值柳方含苞，江南春色，焕然一新；因之鼓人兴趣者，新柳与飞燕的两个观念，亦互相关联。燕子飞行空中，它的姿态，固已优美惹目；然而若有二三垂杨，为之点缀；于是阵阵柳浪，临风潇洒，忽而翩翩轻燕，撩掠其间：或绕越树梢，如流矢飘堕；或穿行枝间，如梭织往来；出没无定，形影俱仙。若或旁临清流，面对明湖，倒影水中，翠绿弥漫；间留无数苍空，瞥视有黑影疾驰，忽隐忽现，与水面上的真燕，上下对舞；设或轻贴水际，微波顿起，水底绿影，断续模糊，倏来倏往的黑影，随之无可确指，只余水上真燕，独来独往；此种情景，更非笔墨所能形容，以前所引的几首诗歌，又何能道着其万一呢？

而且柳色总是一种静景，活泼的飞燕，不但以其翩翩然的舞态为可爱；还有它的呢喃软语，间关轻啭，流放于密荫之中，岂不是给美丽的春色，奏着霓裳仙音，频添无数生气吗？

于是燕子与杨柳，不但为诗歌中所习见的字眼，也是国画常用的题材：大概画燕子必以垂柳为背景，画杨柳总以飞燕为点缀，好像两者有极其密切的关系，这样的画，多至不可胜数，试举两首题画的诗，以见一斑：

> 三月白门道，垂杨千树花。君看双燕子，飞去入谁家。门巷失故垒，时来拂枝斜。春风更相惜，莫与乱栖鸦。
>
> （高棅《绿杨双燕图》）
>
> 绿柳夏依依，差池元鸟飞。蹴花随别骑，衔絮点征衣。隋渚晴烟暝，章台夕照微。衡门相托久，应傍主人归。
>
> （王褒《题绿柳紫燕图》）

最近丰子恺先生，以漫画名于时，而尤长于用疏淡的笔致，描写那"翠拂行人首""月上柳梢头""帘外双燕归"等诗境。虽然也有人以为他的画，是取材于时事的几帧较为生动活泼；然而俞平伯先生，终于承认他是丰柳燕。"丰柳燕"这个雅号，子恺先生当乐于自认吧。如是，关于本文，也就多了一段逸话。

7 神话

对于燕子的神话很多，只引述3则如下：

第一，比较最古的，是一个吞卵而孕的神话："简狄有娀氏之女，为帝喾次妃。三人行浴，见玄鸟堕其卵，简狄取吞之，因孕生契。"（《史记·殷本纪》）"初，高辛氏之世，妃曰简狄，以春分玄鸟至之日，从帝祀郊禖。与其妹浴于元丘之水，有玄鸟衔卵而堕之，五色甚好。二人竞取，覆以二筐，简狄先得而吞之，遂孕，胸剖而生契。"（《竹书纪年》）"秦之先，帝颛顼之苗裔孙曰女脩（xiū）。女脩织，玄鸟陨卵，女脩吞之，生子大业。"（《史记·秦本纪》）这些神话的起源，大概是这样的：《尔雅翼》云："以春分来而秋分去，开生之候；其来主为孚乳蕃滋。……荆楚之俗，燕始来睇，有入室者，以双箸掷之，令人有子。"视燕有如是生育的象征与迷信，是很容易兴起这类神话的。还有，这大概是母系时代留下的传说，那时只知有母而不知有父，当然很容易将吞燕卵那样的事，附会上去。还有，或则当时惊骇于杰出的圣贤伟人，聪颖才能，难于索解，似非人世间所能有，于是求之人类以外，就形成这样的神话。

第二，说燕能衔土筑坟，有三则记载，都是汉代的故事。这当然是从衔泥筑巢的习性上附会出来的："燕子冢在县南五里。汉吴王濞构七国反，齐王不同谋，被杀。既葬，燕子衔泥冢上，因名。"（《东昌府志》）"荣为皇太子，四岁废为临江王。三岁，坐侵庙

《燕》

墉地为宫；上征荣，荣行，祖于江陵北门。既上车，轴折车废：父老流涕，窃言曰：'吾王不反矣。'荣至，诣中尉府对簿。中尉郅都簿责讯王，王恐，自杀。葬蓝田，燕数万衔土置冢上，百姓怜之。"（《汉书·临江王荣传》）"汉丁太后，定陶恭王妃，哀帝母也。帝即位后，迎居京师。以建平二年崩；帝为起陵恭皇之园，送葬定陶，贵震山东。乃王莽秉政，贬号丁姬，遣公卿子弟及诸生四夷十余万人，操持作具，助将作掘其陵，二旬皆平。时有群燕数千，衔土投于窜（cuì）中，复令坟冢巍然。"（《曹州志》）

第三，《渊鉴类函》引刘斧《摭遗》云："王谢金陵人，航海遇风，抵一州，其王以女妻之。女曰：'此乌衣国也。'后谢思归，王命取飞云车送之。至家，见梁上双燕呢喃，乃悟所止燕子国也。至秋，二燕将去，悲鸣庭户，谢书一绝系燕尾曰：'误到华胥梦里来，玉人终日苦怜才。云轩飘去无消息，泪洒春风几百回。'燕寄诗去，来春复至，尾有小束，乃女所寄诗曰：'昔日相逢冥数合，如今睽远是生离。来春纵有相思字，三月天南雁不飞。'"这样的故事中，有缥缈的仙景，萍踪的离合，恋怜的柔情，颇足令人低回吟味。但这个故事，是作者根据刘禹锡《乌衣巷》一诗编造出来的。

　　天女伺辰至，乌衣澹碧空。差池沐时雨，颉颃舞春风。相贺雕楹侧，双飞翠幕中。忽惊留爪去，犹冀识吴宫。

（李峤《燕》）

　　朱雀桥边野草花，乌衣巷口夕阳斜。旧时王谢堂前燕，飞入寻常百姓家。

（刘禹锡《乌衣巷》）

·23·

　　李诗，"乌衣"是燕的别名。刘诗，"乌衣"为地名，"王谢"指晋代世家王导、谢安等。"王谢"非为一人专名，在北宋时犹然。《王直方杂记》中，有一个很有趣味的故事，也用刘禹锡诗意造成："杨德逢号湖阴先生。丹阳陈辅，每岁清明，过金陵上冢；事毕，则至蒋山，过湖阴先生之居，清谈终日，岁以为常。元丰间，连岁访之不遇，题一绝于门云：'山北松粉未飘花，白下风轻麦脚斜。身是旧时王谢燕，一年一度到君家。'湖阴归见其诗，吟赏久之。曾称于王荆公，荆公笑曰：'此正戏君为寻常百姓耳。'"

8 白燕之瑞

　　故国飘零事已非，旧时王谢见应稀。月明汉水初无影，雪满梁园尚未归。柳絮池塘香入梦，梨花庭院冷侵衣。赵家姊妹多相忌，莫向昭阳殿里飞。

　　春社年年带雪归，海棠庭院月争辉。珠帘十二中间卷，玉剪一双高下飞。天下公侯夸紫领，国中俦侣尚乌衣。江湖多少闲鸥鹭，宜与同盟伴钓矶。

　　这是两首咏白燕的诗：第一首袁凯所作，第二首时大本所作。袁凯就因此诗而著名于时。据说："时大本赋《白燕》诗呈杨铁崖，铁崖极称'珠帘''玉剪'之句。袁景文在坐，曰：'诗虽佳，未尽体物之妙。'廉夫不以为然。景文归作诗，翌日呈之铁崖，击节叹赏，连书数纸，尽散坐客。一时呼为袁白燕，以此得名。"（杨仪《骊珠杂录》）白燕系鸟羽淡化（albinism）所致，曾经科学家的记录；最近也有出现过，即1924年3月下旬，日本福冈县丝岛郡波多江村，有燕育5雏，其中有一羽羽色纯白。我国因其稀见，目为祥瑞之兆；在谶纬思想弥漫的汉晋，特别留下多数记录。最早一则，为《吴志·孙休传》注："永安五年，白燕见于慈湖。"这是公元262年。南北朝的宋代，自文帝元嘉元年至明帝泰始二年（424—466）40年间《符瑞志》中著录白燕的出现，有15次。北朝的魏，亘数十年，亦有 10 余则记载。至唐代，仅见于《册府元龟》中，有两处说起："开元七年（719）十二月，岐州获白燕进之。""大历九年（774）十一月癸亥，福州获白燕二献之。"后一则，是历史上最末一次的记载，自后不复闻见。袁凯等虽然吟之于诗，然而他们定是并未见着实物。

前文曾说，白燕古人认为祥瑞之物；他们以为"妾媵有制，则白燕来"（《酉阳杂俎》）。从这样的思想出发，关于白燕就产生许多神话式的记载。例如《西京杂记》云："元后在家尝有白燕衔白石，大如指，坠后绩筐中。后取之，石自剖为二，中有文曰：'母

天地。'后乃合之，遂复还合，乃宝录焉。后为皇后，并置玺笥中，谓为天玺也。"又如《拾遗记》云："魏禅晋之岁，北阙下有白光如鸟雀之状，时飞翔来去。有司闻奏，帝命罗之，得一白燕，以为神物。于是以金为樊，置于宫中，旬日不知所在。论者云金德之瑞，昔师旷时有白燕来巢，检《瑞应图》，果如所论。白色叶于金德，师旷晋时人也，古今之义相符焉。"若是云云，已经不是神话，而是根据谶纬思想造作的谎言了。

9 燕窝

王世懋《闽部疏》云："燕窝菜，竟不辨是何物，漳海边已有之。盖海燕所筑，衔之飞渡海中，翮（hé）力倦，则掷置海面，浮之若杯，身坐其中；久之，复衔以飞。陈懋仁《泉南杂志》：'闽之远海近番处，有燕名金丝者，首尾似燕而甚小，毛如金丝。临卵育子时，群飞近汐沙泥有石处，啄蚕螺食。有询海商闻之土番云：蚕螺背上肉，有两肋如枫蚕丝，坚洁而白，食之可补虚损，已劳痢。故此燕食之，肉化而肋不化，并津液呕出，结为小窝附石上。久之，与小雏鼓翼而飞，海人依时拾之，故曰燕窝也。'而予近闻之漳人，殊为不然：燕窝国大海中有高山，冬月群燕来巢其上，燕矢之厚，没人两膝；春取小鱼，累之窝中。燕窝贫夷，领我中国贫人，取之林中：窝毁子坠，颠覆阑干；燕之雌雄，群然悲鸣，伤物特甚。呜呼，谁谓燕窝蔬房哉！生命之苦，过火焎（xún）刀割矣！"又云："燕窝菜盖海燕所筑，多为海风吹泊山澳，海人得之以货。"《书传正误》云："燕窝俗以为海味之素食，误也。燕窝系银鱼之初生者，海燕衔以结窝，故曰燕窝。"看了这两则关于燕窝的旧记载，可以知道初时乃认燕窝为植物质的东西，后来方视之为螺肉或小鱼所合成的燕窝。其中《泉南杂志》的记载，实甚有价值，他的观察，已经十分精细。现据德人刻尼喜（köing）氏的研究，断定燕窝为金丝燕的唾液所结成，而陈氏的文字中，也已提到津液，不过他误认以螺肋为主耳。

　　现在对于金丝燕究属何种鸟类，还须略加说明。虽然它是"首尾似燕"，但和普通的燕，类缘极远；它是属于枭鹫目，雨燕亚目的雨燕科；不若燕为燕雀目，燕科的鸟类。其学名为 *Collocalia esculenta L*。其形态是：脚很短，尾也不长，翼羽敛合时，翼尖超过尾端约寸许。嘴色暗褐，颜面有一块褐色的斑纹；背部也是褐色，现金丝光泽。这是一种热带鸟类，产于婆罗州、苏门答腊、新几内亚、马达加斯加等处。我国的闽广沿海，虽然也有，但为数甚少。

鹳鸫

1 释名

鸲鹆（qú yù）亦作鸜（qú）鹆，"《广韵》谓之唧唧（bā bā）鸟。此鸟好浴水，其睛瞿瞿然，故名。王氏《字说》以为其行欲也尾而足勾，故鸜鹆从勾从欲，省亦通。唧唧，其声也。天寒欲雪，则群飞如告，故曰寒皋。皋者，告也。"（《本草纲目》）寒皋一名，并见于《淮南万毕术》；或作乾皋，不知意义何在，大概乾是寒的转音。《古今注》：鸲鹆"亦名鹴鸟"，当然以其色黑之故。现在俗呼，通称八哥，以为它们常 8 羽同飞，好似弟兄；但这大概是见到夏季雏成时，母子一同飞翔的情形而起的误解。《负暄杂录》云："南唐李主讳煜改鸲鹆为八哥，亦曰八八儿。"然则八哥一名，由来已久，所谓八八儿者，今已无人称道。

鸲鹆在鸟类学上，属于孔雀目鸲鹆科（Sturnidae，按此字，照原意义，应译作椋鸟科或掠鸟科。因鸲鹆二字，较为普通，故更易之）。其学名 1766 年林娜（Carl Linne）氏定为 Graculacristatella Linnaeus。1877 年巴黎出版的大卫、乌斯他莱二氏合著的《*Les Oiseauxde Ia China*》（《中国鸟类》）一书，于其 364 页上，改名为 Acrido-theres Cristatellus D.&O.，并有图志之。此名现在学术界上，还有一部分人采用。后来推尔、邦格二氏所合著的《*Some Chinese Vertebrates Aves*》（《中国脊椎动物·鸟类篇》）的 199 页上，名之为 Æ thiopsar cristatatellus T.&B.。最近 1926 年 5 月伦敦出版的赖吐税氏所著《中国东部鸟类录》第三册的 291 页，仍有沿用推尔、邦格二氏的属名，为 Æ cristatellus cristatellus（L）。此鸟英名，译义则为 Chinese Crested Mynah；译音则为 Pako。其分布区域，在中国南方，自云南至长江一带，都有它的踪迹；《周礼》云"鸲鸹不逾济"，是一种正确的旧记载。依照哈特（Hartert）氏的意见，台湾所产的别名为 Æ c. formosanus，因为它的羽冠特别发达（Bull，B，O，c，XXXi，P.14，1912），海南岛所产的，名为 Æ c. brevipennis，因为它嘴略纤弱，而翼较短 10~18 毫米（Hartert，Nov，Zool xviipp，250—251，1910）。

2 形态

鹡鸰的大小与黄鸟相若。鼻羽及前额羽毛，发达为小羽冠；《本草纲目》云："鹡鸰似鵙（jú）而有帻。"帻者就是这个羽冠。头顶，上颈，并颈侧的羽毛，狭侧成柳条形。头黑而富光泽，其他上部亦均为黑色，唯光泽稍弱，并略带褐味。翼的初列覆雨羽尖端，初列拨风羽基部，和尾羽的尖端，均为白色；翼羽和尾羽其他部分，都是黑色。《本草纲目》但云："身首俱黑，两翼下各有白点。"尾羽的观察，是忽略了。下部灰黑；腹部羽毛，尖端有广阔的白色部分；下尾筒尖端，微现白色。幼鸟暗褐黑，羽冠在最初的时候，仅微微显露，《本草纲目》云："头上有帻，亦有无帻者。"大概他们未尝晓得长幼的关系，所以如此云云。虹膜橙黄，嘴淡黄，腿暗黄。旧谓"嫩则口黄，老则口白"，未知确否？笼养个体，嘴色均淡褪为白，饲养的人，他们已不知原是黄色。羽毛纯白的个体，尚未见有科学的记载，《宋书·符瑞志》有"明帝泰始三年五月乙亥，白鹡鸰见，京兆雒州刺史巴陵王休若以献"云云。唐韦应物有《宝观主白鹡鸰歌》云："鹡鸰鹡鸰，众皆如漆，尔独如玉。鹡之鸰之，众皆蓬蒿下，尔自三山来。三山处子下人间，绰约不妆冰雪颜。仙鸟随飞来掌上，来掌上，时拂拭，人心鸟意自无猜，玉指霜毛本同色。有时一去凌苍苍，朝游汗漫暮玉堂。巫峡雨中飞暂湿，杏花枝里过来香。日夕依人全羽翼，空欲衔环非报德。岂不及阿母之家青鸟儿，汉宫来往传消息。"

所谓"鹳之鸽之"本不成话，乃出于古之童谣："鸲之鸽之，公出辱之；鹳鸽之羽，公在外野。往馈之马，鹳鸽跦跦。公在乾候，征寒与襦。鸲鸽之巢，远哉遥遥。裯父丧劳，宋父以骄。鸲鸽鸲鸽，往歌来哭。"

八哥

3 生活

　　鹡鸰为我国南方平原或低地的耕种区域中常见的鸟类；产于云南者亦上升至高原。它是农夫的忠实伴侣；冬季常跟随犁锄后面，啄拾翻到土面上的昆虫和蠕虫；它又常常栖息牛背上，随意啄食那些牛所认为不适意的寄生虫。周敦颐的《鹡鸰》诗云："舌调鹦鹉实堪夸，醉舞令人笑语哗。乱噪林头朝日上，载归牛背夕阳斜。铁衣一色应无杂，星眼双明自不花。学得巧言谁不爱，客来又唤仆传茶。"对于这个现象，倒是如实地描写了。常和别种的椋鸟、乌鸦等，混合成群。鸣声高亢，嘹亮清脆，富有欢乐情趣，歌声流畅，搀混富变化的、刚强的喉音的椋鸟所特有音节。刘长卿有《山鹡鸰歌》，对于鹡鸰的歌鸣，稍有描写，虽然并不能算详细正确。辞云："山鹡鸰，长在此山吟古木，嘲哳相呼响空谷，哀鸣万变如成曲。江南逐臣悲放逐，倚树听之心断续。巴人峡里自闻猿，燕客水头空击筑。山鹡鸰，一生不及双黄鹄，朝去秋田啄残粟，暮入寒林啸群族。鸣相逐，啄残粟，食不足。青云杳杳无力飞，白露苍苍抱枝宿。不知何事守空山，万壑千峰自愁独。"

　　鹡鸰实在是一种有用的鸟类，它的食物大部分为昆虫与种子，但并不采取农艺作物，虽然在庭园中，对于蔬菜和果实，偶或侵损，但为量极微。《五代史·汉本纪》："隐帝乾祐元年秋七月戊申，鸲鸰食蝗。丙辰，禁捕鹡鸰。"可见古人亦已知其为益鸟。在唐代，大概不供食用；故杜甫《冬狩行》诗云："有鸟名鸲鹆，力不能高飞。逐走蓬肉味，不足登鼎俎。胡为见羁虞罗中？"现在，也已变作一种食用鸟了。

夜间与别种椋鸟、乌鸦等共同栖止高竹树木等上，常常喧噪鸣叫，特别与椋鸟声相附和。在田野间，与农夫工人，十分亲热，而对于陌生的人，颇谲诈羞怯。自4月起，为繁殖期，大概每年生育2次。服安、约翰（Vaughan and Jones）二氏，在广东于6月4日，还发现新鲜的卵。凡建筑物的洞穴，以及树穴鹊巢等，均为巢所；据赖吐税氏说，鱼狗的地穴，也常被采用。《本草纲目》云："鹡鸰巢于鹊巢树穴及人家屋脊中。"明人陈献章有诗云："将雏无力上榱题，声断残阳翅忽低。高栋托身君亦误，鹪鹩（jiāo liáo）安稳只卑栖。"因为他见"鹡鸰育雏于贞节堂东壁，壁高且危。二雏坠砌下，乃就而哺之，悲鸣彷徨，如在无人之境。"巢常以干草稻藁、枯叶、羽毛等造成；鸢、鸽、鸦、鹊等翼羽和尾羽，多被采用。并且每个巢中，常常含有一条蛇蜕。卵蓝绿色，表面光泽平滑。每产4卵为常，6卵或7卵的时候也有。

冬鹪鹩

4 饲养

鹦鹆为我国极普通而珍贵的笼鸟。成鸟虽然也可以饲养，但自巢中捕取幼雏，养之使大，则尤为驯服亲熟；虽无笼罩，任其飞走，也不逃去；只不可畜猫，否则易被食害。我国南方，每年夏季，搜捕极多。此鸟为杂食性，幼雏易于饲养；面包、麦糊、牛乳、牛肉，都是最好的食料。我国旧法，则用生豆腐和半熟饭哺饲。

鹦鹆的饲养，不是赏玩其羽色，也不单是吟味其歌声，主要的目的，是在使之仿效人的语言。《荆楚岁时记》云："鸲鹆子人取养之，教其语，号花鸲。"这要算鹦鹆学语的最早记录。《礼记》有"鹦鹉能言，不离飞鸟"之语，而不及鹦鹆，大概当时还未尝有饲为语鸟的习惯。使之学语的第一步，当修剪舌头，《淮南万毕术》所云"寒皋断舌使语"就是。或说修剪须在五月五日（当然系指旧历），实不足信。或许在这个时令雏鸟方长，可以开始从事教养，故有此附会。鸟舌本扁薄尖削，饲养者修去其尖梢，捻搦其舌体，使如人舌圆整厚重，方能教语。鹦鹆本来能仿效别种鸟类的鸣声。稍事人工训练者，能作猫叫狗吠，以及其他种种声音。若养之纯熟，则操作人语，甚肖。著者在上海鸟肆中所听见的数羽，似乎并不十分清晰；须仔细辨认，方能了解其所说何语。且语言单纯，往返重复，只有教熟的几句能说。旧籍中遗下的实例，有极为聪颖者，例如《幽明录》云："晋司空桓豁在荆州，有参军五月五日剪鹦鹆舌教令学语，遂善能效人语笑声。司空大会吏佐，令悉效四坐语，无不绝似。有生鼠（wèng）鼻，语难学，学之不似；因纳头于瓮中以效焉，遂与鼠鼻者语声不异。主典人于鹦鹉前盗物，参军如厕，鹦鹉伺无人密白：'主典人盗禁物。'参军衔之而未发。后盗牛肉，鹦鹉复白，参军曰：'汝云盗肉，应有验。'鹦鹉曰：'以新荷裹着屏风后。'检之果获；痛加治。而盗者患之，以热汤灌杀，参军为之悲伤累日。"

又《耕余博览》云："昔天台黄岩寺僧畜一鸲鹆，常随僧念佛；不待僧教，亦自念得。一日立死笼中，僧葬之，生紫色莲花，穿土而出。大智律师为之颂曰：'笼中立死浑闲事，化紫莲花也大奇。'"所谓"化紫莲花"云云，当非事实，但文字间要如此过甚的形容，当然因为鹦鹉能有感人极深的行为和智力的缘故罢。更如《浮梁县志》中的两则记事，尤觉鹦鹉为智慧高超、感情丰富的鸟类。其一云："正德间，吴氏女畜鹦鹉，数年能言，堪任使。一日，使借针于邻女，女候园中。鹦鹉被鸲攫，望见女，呼曰：'针落园中菜上。'女不能救，怏怏痛惜；觅菜上，果得针。"又一云："余家店商畜鹦鹉能言。有千户巡逻，闻鹦鹉效喝道声，入取登舟。商哑乞赎，千户偿以百金；商不得已，哭而去。鹦鹉连呼'主人救我'；商稍远，即触笼死。"

鸟类本来是自由翱翔，天地为家的动物；拘之笼槛，总是违逆它的天性。虽然鹦鹉中有些是情愿依人学语，而在多感的诗人看来，这样总是一桩悲哀的事，所以黄宝田有《打八哥》诗云："打八哥，打八哥。八哥无匿处。但解阴晴不解飞，沙明露白久延伫。红蓼洲，青芦渚，两啁啾，告其侣：于今高飞亦何益，胶网不设粘竿举。吁嗟乎！八哥尔何苦？鹩（jiá）舌作人语。尔不见？人作禽言人不顾，禽作人言人捕汝。"

旧说鹦鹉能取火，如陈藏器《本草拾遗》云："五月五日，取雏剪去舌端，即能效人言，又可使取火也。"又《酉阳杂俎》云："鹦鹉旧言可使取火。效人言，胜鹦鹉。取其目睛和人乳，研滴眼中，能见烟霄外物也。"但所谓取火，不知意义何居？至于医目一说，更不必多辨，是一种没有根据的话。

马尾鹦鹉

黄鸟

1 释名

"打起黄莺儿，莫教枝上啼；啼时惊妾梦，不得到辽西。"盖嘉运这一首《伊州歌》，是一首尽人皆知的名作；而黄莺也正和这首诗同样，是一种尽人皆知的鸟类。它的名称，在《诗经》中，已有多起提及，由此可知，它为我们所注意，由来很久了。它有许多名称，大概就因为我们知道它极广极久的缘故：

黄鸟 《诗经》："黄鸟于飞，集于灌木。""交交黄鸟止于棘；谁说穆公，子车奄息。"

皇 《尔雅》："皇，黄鸟。"

黄莺 《诗义疏》："黄莺，鹂鹒也；或谓黄栗留；幽州谓之黄莺，或谓之黄鸟；一名仓庚，一名商庚，一名鹂（lí）黄，一名楚雀；齐人谓之搏黍，关西谓之黄鸟。常椹熟时来，在桑树间，皆应节趋时之鸟。或谓之黄袍。"

鹂鹒 《诗义疏》，见黄莺。

黄栗留 《诗义疏》，见黄莺。

《尔雅义疏》："栗鹒即离陆，又即历录，文章貌也。"

黄流离 《尔雅翼》："秦人谓之黄流离，……或谓之黄栗流。"

黄栗流 《尔雅翼》，见黄流离。

仓庚 《诗义疏》，见黄莺。

《说文》："离黄仓庚也，鸣则蚕生。"

《礼记》:"仲春之月仓庚鸣。"

商庚　《诗义疏》,见黄莺。

长股　《大戴礼记》:"二月有鸣仓庚,仓庚者商庚也,商庚者长股也。"

《尔雅义疏》:"按仓庚不名长股,故庄氏述祖,疑'长股也'三字,当在鸣域传'域也者'下,而误窜于此,其说良是。但商庚长股,俱一声之转;鵹黄言其色;长股、商庚并象其声;鸟名多是自呼,恐此亦当尔也。"

鵹黄　《诗义疏》,见黄莺。

《尔雅义疏》,见长股。

楚雀　《诗义疏》,见黄莺。

搏黍　《诗义疏》,见黄莺。

黄袍　《诗义疏》,见黄莺。

离黄　《说文》,见仓庚。

鹦(yīng)　《本草纲目》:"《禽经》云:'鹦鸣嘤嘤。'故名。或云:鹦项有文,故从赜(yīng),赜项饰也。或作莺,鸟羽有文也,《诗》云'有莺其羽'是矣。其色黄而带黧,故有黄鹂诸名。……淮人谓之黄伯劳。"

莺　《本草纲目》,见鹦。

黄鹂　《本草纲目》,见鹦。

黄伯劳　《本草纲目》,见鹦。

鹂(lí)黄　《格物论》:"一名鹂鹴,……一名黄鹂莺。"

黄鹂莺　《格物论》,见鹂鹴。

鹂鹴(huáng)　《集韵》:"鹂鹴,鸟名。"

黄莺　《尔雅》:"幽州人谓之黄莺。"

金衣公子　　《开元天宝遗事》："明皇每于禁苑中见黄莺，常呼之为金衣公子。又名红树歌童。"

红树歌童　　《开元天宝遗事》，见金衣公子。

如是一共可得 25 个名称；现在再按照命名的意义，列表类归如下：

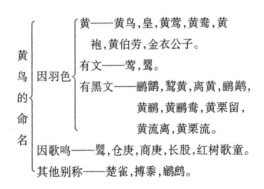

但或以为《尔雅》所云"皇黄鸟"者，是别一种鸟类。如马属云："黄白曰皇，此鸟名皇，知非鹥黄之鸟矣。"《王会篇》云："郭云黄离留非。"郝懿行在《尔雅义疏》中，更确定地说："按此即今之黄雀，其形如雀而黄，故名黄鸟，又名搏黍，非黄离留也。""毛以黄鸟为搏黍，黄鸟即今黄雀。绵蛮睍睆（xiàn huǎn），皆象其形，非仓庚也，《陆疏》误合为一非矣。"然而黄鸟一名，与仓庚等混称，由来已久，现在且更用它作为最通俗的名称；过细辨析更改，反多致人误解了。

蓝翅黄莺

2 种类

　　这样别名甚多，记载极早，自来为我们所极注意的鸟类，在分类上，属于燕雀目，黄鸟科。这一科鸟类，都是林鸟，从不下降地面；飞翔迅速，食昆虫，亦食果品。歌声有雄伟，柔和而富变化的音节。篮形的巢，常常悬挂在很高的树枝上。卵为白色或粉红色，有黑、褐、红等斑点。广布于热带的非洲和亚洲；亚洲的马来与菲律宾群岛，都有一些特殊的种类。我国所产者，有下列 5 种：

　　（1）*Oriolus chinensis indicus* Jerdon. 黄鸟或黑颈黄鸟。英名：Eastem Black-naped Oriole。

　　（2）*O.c.tenuirostris* Blyth. 缅甸黄鸟。英名：Burmese Black-naped Oriole，见于云南西部。

　　（3）*O.ardens nigellicauda*（Swinhoe）. 黑尾黄鸟。英名：Black-Tailed Oriole，栖居海南岛。

　　（4）*O.traillii traillii*（Vigors）. 棕色黄鸟。英名：Traill's Oriole or Maroon Oriole，见于云南西部九千尺高处。

　　（5）*O.t.mellianus* Stresemann. 梅氏黄鸟。英名：Mell's Oriole，见于广东。

　　第一种，是普通的黄鸟，夏令遍布我国南北各地的平原和丘陵间；向北远及西伯利亚东部。我国东南部如广东等处，并且偶然居留；但居留的根据地，则是印度。古人所有记载，当然都是指着这一种；本文以下的种种叙述，也将专限于这一种。

3 形体

　　黄鸟的形体，在旧记载中，以《本草纲目》为最详："鹥处处有之，大于鸲鹆，雌雄双飞。体毛黄色，羽及尾有黑色相间，黑眉，尖嘴，青脚。"

　　现在引用赖吐税（La Touche）氏的科学记载如下：

　　雄鸟自上嘴基部起，经过眼而围绕上颈的一线，中央尾羽，边尾羽的大部分，初列拨风羽，次列拨风羽的内羽瓣，小翼羽以及初列覆雨羽黑色；而初列拨风羽的狭边，初列覆雨羽的阔边都是黄色；次列拨风羽的外羽瓣，三列拨风羽的外羽瓣并内羽瓣的一部分黄绿色；此外羽毛全体鲜黄。老鸟的上背，微染橙色。虹膜红，嘴粉红，腿铅蓝。

　　雌鸟极老的个体，近似雄鸟，或完全相同。通例，雌鸟的背部，略略重染绿色；黑色部分较为暗淡，且亦微着绿晕。

　　雏羽冠部绿带黄；许多羽毛中央带黑；背部褐色，各羽的边缘带绿；下部白色，羽轴带黑。第二春天的幼鸟，头部匀绿带黄，和背部同样；黑色的颈线极为狭隘；下部混有黄色，喉部则转变为纯黄色。虹膜褐，上嘴暗堇色带褐，下嘴铅肉色。长成的羽色系逐渐表现；大概经过 3 年，才将有条纹的雏羽完全除去。

4 生活

　　黄鸟从它的越冬地到我国来，大概4月8日至10日到达广东；同月中旬，北进福州；10月中，就离开那里南归了。长江下游一带，据斯丹恩（Styan）氏说："很觉奇怪，以4月24日到达为常例。"5月中旬，则为最早达到河北东北部的秦皇岛等处的时期。

　　造巢处所，有时在高竹上；南部大概以巨大的榕树、松树或别种高树为最习见；长江一带以及北部，则是柳、杨、泽胡桃等树。巢作深杯形，甚为坚固，好似摇篮，挂在枝梢的杈头；系用蛛丝或别种的丝系住。普通都在较高之处，若筑到小树上，有时也有不到15尺高的。关于巢的情形，古人也略有所知，例如杨万里《闻莺》诗云：

　　　　仰听金衣语，偶窥莺妇巢。深穿乔木里，危挂弱枝梢。啄抱双双子，经营寸寸茅。何时雏脱壳？新哢响交交。

巢材用竹叶、干草、稻稿、草穗等物，由根、卷须、蛛丝等纽合。柔软的中国纸，也是它们适用的材料，赖吐税氏在福州所见的几个巢，就都覆被着广厚的一层。古人见此现象，以为神奇。《猗氏县志》云："明万历三十四年，黄鹂巢于张嵩村乔侍御园榆树。巢以纸结络，莫辨端绪。两巢八翼，各哺四雏。人咸异之。"填褥之物，大概都用干草、松针、草木根和草穗等物。

广东和福建，5月产卵；长江一带，6月初旬到7月中旬；北方秦皇岛等处，亦在六七月中。自长江以北，或许是每年产生2次的。每产以4卵为常，但在广东者3卵，有时仅2卵。卵色浅玫瑰红，稍有深淡；散布浅莲灰底的暗朱红色圆点纹；上层的点纹，边缘每每隐没，好似色彩褪去的样子。卵壳不十分光滑。卵形颇有变化，自广卵形以至尖卵形都有。赖吐税氏在镇江所得的一个标本，几成圆柱状的椭圆形。

黄鸟的飞行，甚为迅疾；它们在丛林中，倏来倏往，上下无定，宛似梭织往还，我们常以"金梭"两字去形容它。谢宗可有《莺梭》诗云：

> 自织春风金缕衣，穿红度翠往来飞。柳堤暗卷丝千尺，花坞横抛锦万机。时见枝头捎蝶去，不愁壁上化龙归。羞同杼轴劳红女，一掷迁乔愿有违。

皇冠林莺

5 歌鸣

　　黄鸟所以惹人注意，主因在于歌鸣悦耳；本来不论何种鸟类，当它们求偶产卵的时光，雄鸟必唱甜美的婚曲，以引诱雌鸟。在旧记录中，似乎黄鸟鸣声，是随处可以闻知的；现在虽然不论何人，叫他写起关于春天的文章来时，总不免要提及黄鸟，但闻见与否，却是不必问的。例如杭州西湖十景之一的"柳浪闻莺"，现在柳树果已无存，莺声也谁人能辨认呢？这或许古时人烟较稀，自然界中，人工破坏还不多，各处都似山村乡野，随时得闻黄鸟的鸣声；现在则可以看到黄鸟的地方比较少了。

　　东方欲曙花冥冥，啼莺相唤亦可听。乍去乍来时近近，才闻南陌又东城。忽似上林翻下苑，绵绵蛮蛮似有情。欲啭不啭意自娇，羌儿弄笛曲未调。前声后声不相及，秦女学筝指犹涩。须臾风暖朝日暾，流莺变作百鸟喧。谁家懒妇惊残梦，何处愁人忆故园？伯劳飞过声局促，戴胜下时桑田绿。不及流莺日日啼花间，能使万家春意闲。有时断续听不了，飞去花枝犹袅袅。还栖碧树锁千门，春漏方残一声晓。

（韦应物《听莺歌》）

　　最好音声最好听，似调歌舌更叮咛。高枝抛过低枝立，金羽修眉黑染翎。

（梅尧臣《黄莺》）

柳花如雪满春城，始听东风第一声。梦里江南旧时路，隔溪烟雨未分明。

（李东阳《黄莺》）

春归何处？寂寞无行路。若有人知春去处，唤取归来同住。　春无踪迹谁知？除非问取黄鹂。百啭无人能解，因风吹过蔷薇。

（黄庭坚《晚春》，调寄《清平乐》）

这样歌咏莺声的诗词，在旧籍中是不胜枚举的。作者于今春在钱塘江边，耳闻过一次，其声确系婉转流利，连续紧密，所谓百啭千回，巧舌吹簧，殆近似之。它的鸣声，具体地拟似起来，有下列种种：

绵蛮　《诗经》："绵蛮黄鸟。"

睍睆　《诗经》："睍睆黄鸟。"

交交　《诗经》："交交黄鸟。"按：交交或以为飞貌。

喈喈　《诗经》："其鸣喈喈。"

恰恰　杜甫诗："自在娇莺恰恰啼。"

蛮蛮　韦应物诗："绵绵蛮蛮似有情。"

嘤嘤　《禽经》："鹦鸣嘤嘤。"

呖呖　朱恬烄（jiǎo）诗："娇莺呖呖啼芳树。"

历落　田锡赋："初历落于花间。"

关关　刘庄物诗："关关也爱春。"

间关　田锡赋："旋间关于树杪。"

春暮夏初，旧历的四五月，即公历的五六月中，是黄鸟盛行筑巢伏卵的时期，也就是黄鸟努力歌唱的时期。在旧记载中，说于早春有闻见者，于秋季有闻见者；兹录诗歌六题，以见其时令的一般；但完全可信与否，却有待于将来的证实。

朝鹭雪里新，雪树眼前春。带涩先迎气，侵寒已报人。共矜初听早，谁贵后闻频。暂啭那成曲，孤鸣岂及辰。风霜徒自保，桃李讵相亲。寄谢幽栖友，辛勤不为身。

（韩愈《早春雪中闻莺》）

百花开尽见莺流，一啭能添数种愁。巧舌傍人何太苦，春光随水已难留。心惊陌上谁家笛，梦破城南少妇楼。柳色万行听不断，莫牵诗思到扬州。

（石珤《春暮见莺》）

正愁春去对春风，忽听莺啼碧树丛。无数飞花向帘幕，将愁尽入一声中。

（孙艾《春尽日闻莺》）

好音终在耻争先，谷外寒多故后迁。已过花时亦何恨，不妨夏木绿参天。

（张耒《四月闻莺》）

桑阴净尽麦头齐，江上闻莺每岁迟。不及晓风鹎鵊（bēi jiá）子，迎春啼到送春时。

（范成大《五月闻莺》）

一声飞上最高枝，忙杀呕哑百舌儿。老尽西园千树绿，却怜槐眼正迷离。

（同上）

残莺何事不知秋，横过幽林尚独游。老舌百般倾耳听，深

黄一点入烟流。栖迟背世同悲鲁，浏亮如笙碎在缑。莫更流连好归去，露华凄冷蓼花愁。

（李煜《秋莺》）

以一日而论，似乎清晨的莺声，最足以动人。晨光熹微，莺就开始歌唱，也不繁噪，也不絮聒，只是音乐似的令人神往，如何不十分感人呢？试读田锡的《晓莺赋》：

烟树苍苍，春深景芳。听黄鹂之巧语，带残月之余光。金袂菊衣，新整乎迁乔羽翼；歌喉辩舌，斗成乎一片宫商。尝以清汉云斜，东方欲晓，华堂静兮寂寂，珠箔晖兮悄悄。新声可画，初历落于花间；余啭弥清，旋间关于树杪。宛转堪听，缠绵有情。伊宝柱之清瑟，与银簧之暖笙。谁用交奏，而成艳声。未若我胧月澹烟之际，莺舌轻清，听者踌躇，闻之怡悦。若清露之玉佩，触仙衣之宝玦。随步谐音，成文中节。未若我晓花曙柳之间，莺声清切。

总之，黄鸟的歌鸣，是十分被人珍视的；推重之盛者，如《云仙杂记》云："戴颙（yóng）春日携双柑斗酒，人问何之？曰：'往听黄鹂声，此俗耳针砭，诗肠鼓吹，汝知之乎？'"这样的话，当然只是个人的癖好罢了。

· 51 ·

6 饲养

黄鸟以其羽色华美，歌鸣悦耳，也饲养作笼禽。曹丕和王粲，各有《莺赋》一首，都是叙述笼莺，可见其饲养的由来，至少已有1600余年的历史了。

堂前有笼莺，晨夜哀鸣，凄若有怀，怜而赋之曰：

怨罗人之我困，痛密网而在身。顾穷悲而无告，知时命之将泯。升华堂而进御，奉明后之威神。唯今日之侥幸，得去死而就生。托幽笼以栖息，厉清风而哀鸣。

（曹丕）

览堂隅之笼鸟，独高悬而背时。虽物微而命轻，心凄怆而愍之。日奄霭以西迈，忽逍遥而既冥。就隅角而敛翼，眷独宿而宛颈。历长夜以向晨，闻仓庚之群鸣。春鸠翔于南甍，戴胜集乎东荣。既同时而异忧，实感类而伤情。

（王粲）

黄鸟是冬去春来的候鸟，长年饲养，因风土不适，难得完美的结果。而就黄鸟的主观设想，诚不得不如曹、王二氏的满含哀凄怆痛的情调了。黄鸟饲养虽久，到现在还不能成为一种很普通的饲鸟，大概就因为它是候鸟的缘故。

7 迁乔与求友

　　《诗经》有云："伐木丁丁，鸟鸣嘤嘤。出自幽谷，迁于乔木。"
又云："嘤其鸣矣，求其友声。"文中并未指明嘤嘤的鸣声，属于何
种鸟类；后人因《禽经》有"鹭鸣嘤嘤"之语，于是遂认为《诗》
所云云，乃指黄莺，而迁乔与求友，遂成为两个极通俗的典故：

　　芳树杂花红，群莺乱晓空。声分《折杨》吹，娇韵《落梅》
风。写啭清弦里，迁乔暗木中。友生若可冀，幽谷响还通。

（李峤《莺》）

　　欲啭声犹涩，将飞羽未调。高风不借便，何处得迁乔？

（郑愔《咏黄莺儿》）

　　幸因辞旧谷，从此及芳晨。欲语如求友，初飞似畏人。风
调归影便，日暖吐声频。翔集知无阻，联绵贵有因。喜迁乔木近，
宁厌对花新。堪念微禽意，关关也爱春。

（刘庄物《莺出谷》）

　　羽毛特异诸禽，出谷堪听好音。薄暮欲栖何处？雨昏杨柳
深深。

（李中《莺》）

　　雨过溪山净，新晴花柳明。来穿两好树，别作一家声。故

欲撩诗兴，仍添怀友情。惊飞苦难见，那更绿阴成。

（杨万里《闻莺》）

所谓求友，其实不但莺是如此，别种鸟类，都有同一的现象；盖所谓求友，就是求偶。春日的鸟，都有这种习性。

至于"出自幽谷"云云，各地的留鸟，确有此种情形。盖候鸟系用南北迁移的方法，适应温度等环境变化；而留鸟既未作长途的旅行，乃于春季避入深山或高原，冬季下至平地，以为调节；盖高原和高纬度的平地，风土情形，极为仿佛。唯照诗文原义，似乎"出自幽谷"的举动，乃在春季，则与事实适为一个相反的现象。

芹叶钩吻林莺

8 日本的莺

　　日本对于鸟类的名称每有使用我国古名而失去原来意义的，例如以 *Pyrrhula pyrrhula griseiventrir Lafr* 为䳇（xué），而不知䳇字见于《尔雅》云："䳇，山鹊。"郭璞注："似鹊而有文采，长尾，嘴脚赤。"乃是今日乌鸦科中的唐山鹊（*Uroeissa erythrorlyncha erythrorlyncha* Bodd.）。又以交喙鸟（*Loxia*）为鹖（hé），而鹖乃训："状类雉而大，黄黑色，首有毛角如冠。"（《本草纲目》）是则大小悬绝，拟于不伦。日本不产黄鸟，他们却以剖苇科中小形的日本的特产鸟类 *Horeites camtans*（Temminck & Schlegel）名之为莺；并且以全科鸟类，名为莺科；这样，本来莺即黄鸟，与英文的 oriole 相当，而现在却以之当于英文的 warble 了。如此比较，其为误谬显然；此后似乎都应一一加以辨正。

　　日本的莺，体大类麻雀，背面呈所谓莺色，腰和上尾筒，微微带赤。翼的拨风羽褐，其外缘并尾羽呈橄榄褐。颜面有不明了的灰白色眉斑。下面灰白色；喉部两侧，胸、胁以及下尾筒带橄榄褐。嘴暗褐，下嘴较淡，脚淡褐色。诚然，它也是一种善于歌唱的鸟类；它在日本文学上，也占着重要的地位。日本有许多文字，描写这小小的歌者，和我们描写的黄鸟一样；这些文字，试举有名的《古今集》中一首诗为例吧：

倘不是莺声出于幽谷，

恐怕谁都不会觉到春已来临；

人说春光未曾归来，

就因为莺儿苦寂沉默，未曾啼鸣。

（陶秉珍译）

苦马沼泽林莺

9 杂记

　　古人对于鸟类的移徙现象，所知不多；当他们不见某种鸟类的时候，每每以蛰居或化生来解释。黄鸟冬天是到南方印度等处去了，他们却以为："冬月则藏蛰入田塘中，以泥自裹如卵，至春始出。"（《本草纲目》）更有似乎言之凿凿者，例如《荆州志》云："农人冬月于田中掘二三尺，得土坚圆如卵，破之，则莺在其中，无复羽毛。"但既然说"无复羽毛"，又怎能辨认它是莺呢？

　　此外还有两个故事，在可信与可疑之间；而后一个，或许确是实事，只是记载的文字，不免过分夸大了：

　　　婺州治古木之上有莺巢，一卒探取其子，郡守王梦龙，方据案视事，莺忽飞下，攫一卒之巾以去；已而知非是，衔巾来还，乃径攫探巢卒之巾而去。太守推问其故，为杖此卒而逐之。

（《鹤林玉露》）

　　　顷年有人取得黄莺雏，养于竹笼中；其雌雄接翼，晓夜哀鸣于笼外，绝不饮啄；乃取雏置于笼外，则更来哺之，人或在前，略无所畏。忽一日，不放出笼，其雌雄缭绕飞鸣，无从而入；一投水中，一触笼而死。剖腹视之，其肠寸断。

（《玉堂闲话》）

黑喉绿林莺

鸤鸠

---

1 旧记载

　　《尔雅》："鹢（jì）鸠，鹁（píng）鹢。"郭璞注："小黑鸟，鸣自呼，江东名为乌鸹（jiù）。"郝懿行《尔雅义疏》："《释文》:'鹢，吕、郭：巨立反。施：音及。鹁，谢：符悲反；郭：方买反。'按，鹁鹢声转为批颊，即批颊鸟也。又名雔（zhuī）札。《淮南·说林篇》云：'乌力胜日而服于雔礼。'高诱注:'乌在日中而见，故曰胜日；服，犹畏也。雔礼，《尔雅》谓之襌笠，秦人谓之祝祝，蚕时晨鸣人舍者，鸿鸟皆畏之。'然则高注'襌笠'，即《尔雅》之鹁鹢；其'雔礼'，即雔札。《广雅疏证》，以为'札'与'礼'形相似，因而展转致讹，其说是矣。祝祝、雔札，声亦相转；又名车搆（è），亦名加格，皆语声相变耳。《广雅》云：'车搆，雔札也。'《荆楚岁时记》云：'春分有鸟如乌，先鸡而鸣，声如加格加格。民候此鸟鸣则入田，以为催人驾犁格也。'今验此鸟，黑身长尾，其夜鸣之声，正如《岁时记》所说。郭云'江东名乌鸹'者，《玉篇》:'乌鸹，似鸠有冠。'《尔雅翼》云：'今乌鸹小于乌，而能逐乌。'按乌鸹即鸦（yā）鸹，因其色黑为名。鸹鹢，亦声转也。"

　　《本草纲目》李时珍云："鹢鸠，《尔雅》名鹁鹢，音批及，又曰鹢鸪，音匹汲，戴胜也。一曰鹁鹢，讹作批颊鸟。罗愿曰：'即祝鸠也，江东谓之乌鸹，音菊。'又曰鸦鸹，小于乌，能逐乌，三月即鸣。今俗谓之驾犁，农人以为候。五更辄鸣，曰'架架格格'，至曙乃止，故滇人呼为榨油郎，亦曰铁鹦鹉，能啄鹰鹘乌鹊，乃隼属也。南人呼为凤凰皂隶，汴人呼为夏鸡。古有催明之鸟名'唤起'者，盖即此也。其鸟大如燕，黑色，长尾有歧，头上戴胜。所巢之处，其类不得再巢，必相斗不已。杨氏指此为伯劳，乃谓批颊为鹭（dēng）鸡，俱误矣。"

综合郝、李二氏所说，鹪鸠当有鹈鹭、乌鸥、批颊、雏札、雏礼、裨笠、祝祝、车搐、加格、鸥鸥、鹎鹁、鸦鸥、驾犁、榨油郎、铁鹦鹉、凤凰皂隶、夏鸡、唤起等18个别名。郝氏对于旧说，较能有所鉴别。李氏以为即鹪鸫戴胜，自然因为他只知其头上戴胜，乃不知所戴的胜，与戴胜并非同形的缘故。罗愿以为就是祝鸠，则误在妄认同为鸠名。

小嘴乌鸦

2 新记载

现在日人以卷尾科（Dicruridae）鸟类，定汉名为秋乌科；秋乌与乌鸲，声音相近，但未知他们是何所本耳！这一科鸟类"尾长，常为叉形"，正和李时珍所说"长尾有歧"相符。又"嘴强而钩曲"，中国共有好几种，都有富变化的黑色或灰色隐形，又和所谓"有鸟如乌""黑身长尾"等形态相符。《玉篇》云："乌鸲似鸠有冠。"李时珍云"头上戴胜"，而别人则并没有指明这一个特征。我们可以推想，他们当然是所见不同，是以记载歧出了。

作者则采取宁波俗称，定这一科鸟类的科名为许仙，发表于《自然界》第 4 卷第 9 期。当时没有查到，我国已有甚多的关于鸐鸠的记载；也没有查到日本命名为秋乌，更没有晓得祁天锡等定名为卷尾。据现在调查所得，这科我国产的鸟类，共有 5 属 13 种，本书限于体例，自然不能逐种多加以说明；现在只就看去和旧记载有关的几种，略加叙述。

许仙［Cbibia hottentotta brevirostvis（Cabamis）］英名 Chinese Hair-crested Drongo（中国须状凤头卷尾），形体较为小。羽毛统为绒蓝黑色；而冠、喉、胸诸部羽毛尖端有耳坠形的金属蓝色点，并因光线方向的歧异，有时呈现绿色。颈羽成柳叶状，上尾筒，尾羽和翼羽，均现绿光。嘴和脚，也是黑色。形态上最可注意的有两点：第一，尾羽外侧数枚，甚为广阔，而边缘向上卷曲；卷尾之名，即以此故。第二，前头有一丛毛状长羽，稀疏飘洒，向上突起；旧记载所谓"有冠"和"戴胜"，就是指这一种了。夏季，我国全境的山岭中，都有遇见。大卫氏说："在直隶的平原中，个个乡村，都有几对这种美丽的鸟类，造巢于围绕家屋的树上。"它们的食物，常在飞行状态中捕取；但也常见它们接近地面。可以想见它们也常常采取地面的昆虫为食饵。在福建，造巢于山地或平野的竹上。巢为杯形，建筑奇异：用卷须细枝、粗根等物组成，有些还加一些柔软的材料，挂在竹顶二三小枝上，外表甚为松弛，可以从巢底窥见其内容物。但雏鸟从不致因此跌下来，即使将竹竿十分弯折，还是很安全的。卵粉红色，有红色和灰色的彩纹，富有变化，极为美丽。

祁天锡等，以作者前定名为黑鹟（táng）的 Buchanga atra cathoeca Swinhoc 为鹟鸠，此种南方俗名黑卷尾，北方俗名黑黎鸡，和前种名为招琴鸟者同样，未知他们是何所本。英名 Black Drongo 形体较前略小。头上没有羽冠，尾有深叉，但不卷曲。李时珍说"如燕"大概指此。羽毛全黑；背部和胸部，有钢青闪光；有时或现紫和绿色。翼，上尾筒和尾，现紫光或绿光。幼鸟则有一些白纹。夏季也是我国全境极普通的一种鸟类。秋季有多数经过直隶海岸南下；而春天在那些地方，所见极少，同时却是稍稍内地的夏鸟；是以它们定然是假道内地北上的。在广东五月造巢，直隶 6~7 月造巢。巢作成杯形；直隶所见者，用高粱穗造成；广东所见者，用草、地衣、榕树气根等材料。在东南部，杜鹃似乎产卵于其巢中的。

若根据习性上的记载，所谓"所巢之处，其类不得再巢，必相斗不已"云云，则似乎又指两种的白鹟鹟：B.leucogenys leucogenys（Walden）南方白颊鹟或卷尾；B.l. ccrrusata Bangs & phillips 北方白颊鹟或卷尾。北方白颊鹟大小与黑鹟相似，体为灰色，翼和尾有横纹。眼端和颈侧纯白，白颊之名，即以此故。据大卫氏说："是鸟常合成小群，旅行中国中部；每年两次到北京，一直远至东三省境内，筑巢育雏。"斯丹恩氏说5月到长江下游。在福州，4月中常见大群，5月造巢。福州附近的乡村间，每丛高大的松林以及大榕树上，都有一对此种美丽的鸟类占据着，甚易惹人注目，因为它们好喧噪，好争斗；并且它们要试验自己的巢是否合用时，常常用绕速飞，经过造巢的树枝，矢行而前，似乎加以庇护。巢易于发见，位在水平树枝的尖端分丫处；地位常高。浅杯形，边缘光泽圆滑，由各种材料构成，以蛛丝缀合。表面又常饰以地衣藓苔等物。卵色自淡红至淡橙，变化极多。

3 鸣声

然则鹪鹩究属是何种鸟类，现在还是不能加肯定的断语。大概当它是一群的总名，最为确当；犹之燕、雀、黄鸟、乌鸦等，都是许多鸟类的总称。不过旧记载中所说"架架格格"或"加格加格"的鸣声，那当然是指其中一种鸟类所特具的声音，要确定鹪鹩是何种鸟类，待有观察自然物的机会时，仔细注意其鸣声，当为唯一有效的方法。既从鸣声上确定是何种鸟类，再可以对于旧记载，分别何人所说为是，何人为非。现在且做一个预拟于此，希望最短时间内就可将它解决。

纸窗未白烛微明，鹎鹎枝头一两声。却忆去年桃李后，淮阳旅舍听残更。

（张耒《闻鹎鹎》）

龙栖凤阙郁峥嵘，深宫不闻更漏声。红纱蜡烛愁夜短，绿窗鹎鹎催天明。一声两声人渐起，金井辘轳闻汲水；三声四声催严妆，红靴玉带奉君王。万年枝软风露湿，上下枝间声转急。南衙促仗三卫列，九门放钥千官入。重城禁御琐池台，此鸟飞从何处来？君不见，颍河东岸村陂阔，山禽野鸟常嘲哳。田家惟听夏鸡声，夜夜陇头耕晓月。可怜此乐独吾知，眷恋君恩今白发。

（欧阳修《鹎鹎词》）

日暖林梢鹁鸪鸣，稻陂无处不青青。老农睡足犹慵起，支枕东窗尽意听。

（陆游《鹁鸪》）

诵上列三诗，可见鹁鸪是晨鸣之鸟。鸣声"架犁"之音，常被演为禽言诗，也是陆游有这样一首："架犁架犁，南村北村雨凄凄。夜起饭牛鸡未啼，日暮砣砣行千畦。没足勿恨一尺泥，两成收薄汝噬脐。"我乡现在当春暮夏初，有一种鸟类，还未明悉作何形状，常于天黎明时，在田野中惨惨地鸣叫，好似说"挨家勿看！挨家勿看！"此音与"架架格格"颇为近似，大概就是这种鸟类。因为那是育蚕的时节，它的声音，简直是劝人不要看蚕。有一节故事流传着：

一户农家，自己有很多的桑叶。某年，蚕也养得非常的多；因为叶价骤然奇涨，所以主持家政的公公，便在市上把桑叶全数卖去了；回家来叫媳妇把所育的蚕，统统抛掷河中。那媳妇心肠是很慈悲的，不忍活活的蚕遭淹死，就留着许多，叫丈夫去偷桑叶来饲育。不幸，她的丈夫桑叶未曾偷到，竟因偷叶的缘故，给人捉住打死了。这个意外的遭遇，使她摧伤心肝，怆痛万分，只好日夜以泪洗面；泪尽继之以血，终于断肠死了。死后变作一只鸟，哀哀地叫着："挨家勿看，挨家勿看！"因为她和她的丈夫，都为看蚕而死，所以这样的规劝人家（根据友人查开良兄所记录，看蚕是育蚕的意思）。

《田家杂占》以为"鸦鸪叫早，主雨多，人辛苦。叫晏，晴多，人安闲。农作次第。"如是云云，不知有一些意思没有？

伯劳

1 释名

　　郝懿行《尔雅义疏》："《说文》：'鹃（jú），伯劳也。鹃或作雎。'《诗·七月》疏引李巡曰：'伯劳一名鹃。'《左·昭十七年》疏引樊光曰：'《春秋》云："伯赵氏司至。"伯赵，鹃也。以夏至来，冬至去。'《夏小正》云：'五月鹃（jué）则鸣。鹃者，百鹩（liáo）也。'《月令》：'仲夏鹃始鸣。'郑注：'鹃，博劳也。'赵岐《孟子》注：'鹃，博劳也。'鹃与鹃，鹩与劳，博与伯，俱声相转。"郝氏这一个解释，甚为确当，归纳起来有着这样：鹃、雎、伯劳、伯赵、百鹩、博劳、鹃、鴂8个名称。"谓之鹃者，以鸟声得名。"（同上）"伯赵，其色皂也。赵，乃皂之讹。"《本草纲目》命名的意义如是。

　　伯劳实在很显明的是一种独立的鸟类，而古人对之颇多意象的解释，或以为某鸟，或以为他鸟，诸说纷陈，莫衷一是。李时珍曾归纳之为九说，而分别加以批评。他说：

　　"伯劳即鹃也，夏鸣冬止，乃《月令》候时之鸟。《本草》不著形状，而后人无识之者：（1）郭璞注《尔雅》云：'鹃似鹊鹝而大。'服虔云：'鹊鹝，音辖乾，白项鸦也。'（2）张华注《禽经》云：'伯劳形似鸲鹆。鸲鹆喙黄，伯劳喙黑。'（3）许慎《说文》云：'鸲鹆似鹃而有帻'。（4）颜师古注《汉书》，谓'鴂为子规'。（5）王逸注《楚辞》，谓'鴂为巧妇'。（6）扬雄《方言》，谓'鹃为鹖鴠（hé dàn）'。（7）陈正敏《逐斋闲览》，谓'鹃为枭'。（8）李肇《国史补》，谓'鴂为布谷'。（9）杨慎《丹铅录》，谓'鴂为驾犁'。九说各异。窃为鵙既可以候时，必非稀见之鸟。今通考其得失：

a. 王说（5）已谬，不必致辨。

b. 据郭说（1），则似今苦鸟。

c. 据张、许二说（2）（3），则似今之百舌，似鸲鹆而有帻者。然鵙好单栖，鸣则蛇结；而百舌不能制蛇，为不同也。

d. 据颜说（4），则子规名鹈鴂，音弟桂；伯劳名鴂，音决。且《月令》起于北方，子规非北鸟也。

e. 据扬说（6），鹖鴠乃寒号虫，唯晋地有之。

f. 据陈说（7），则谓其目击，断然以为枭矣，而不具其形，似与陈藏器'鵙即枭'之说不合。而《尔雅》：'鸱鸮（xiāo），一名鸋（níng）鴂。'与此不同。

g. 据李说（8），则布谷一名鹪鷯（jiá jú），字音相近；又与《月令》'鸣鸠拂其羽'相犯。

h. 据扬说（9），则驾犁乃鹡鸰，小如鸲鹆。三月即鸣，与《礼记》'五月鵙始鸣'、《豳风》'七月鸣鵙'之义不合。

八说不同如此，要之，当以郭说（1）为准。案，《尔雅》谓'鹊鵙丑，其飞也翪'。敛足竦翅也。既以鹊鵙并称，而今之苦鸟大如鸠，黑色，以四月鸣，其鸣曰苦苦，又名姑恶，人多恶之。俗以为妇被其姑苦死所化，颇与伯奇之说相近，但不知其能制蛇否？"（以上所引《本草纲目》之分段和数字，乃是为便于明瞭起见，笔者附加上去的）

虽然，李氏所承认的郭说，却是绝对的谬论；盖伯劳为林鸟，而姑恶是水鸟，决不能混为一谈。这里为释名起见，曾提到伯劳的种种习性及其故事，那都是下文叙述的材料了。

傻子伯劳鸟

2 种类

　　的确，"《本草》不著形状"，从旧籍中是无从知道伯劳为怎样一种鸟类的。只有郝懿行说："今伯劳纯黑色，似鸲鹆而大，其飞纵纵，其鸣鵙鵙，喜食虫。"但也是极为抽象的话，难于捉摸。现在通俗已以 Lanius bucephalus T. & S. 为伯劳，即以其所属的科为伯劳科（Laniidae），隶于燕雀类。其形态，雄鸟头上有红栗色，有一白色眉线，眼端，眼圈，颊并耳羽黑色；上部灰色，微混赭红；翼暗褐；尾羽中央 4 枚黑褐，或灰色而尖端黑，其次一对灰并黑，最外一对灰色，尖端多为暗白色，腮，喉，胸部中央，腹部以及下尾筒白色，微染淡黄褐；喉侧，胸侧并腰部黄赤色；而且胸部和腰部的羽毛，多少有一些暗褐边。嘴为黑色，张华所谓："伯劳形似鸲鹆。鸲鹆喙黄，伯劳喙黑。"不知是否即指此而说。雌鸟上部褐色，头侧和冠，同为栗褐色，尾羽褐，而下部有稠密的波纹。嘴黑而下嘴基部较淡，虹膜雌雄都为褐色，脚铅红。冬季很普通的在长江一带，栖息芦塘并耕种地域间。其繁殖区域，远及日本和朝鲜。巢常造在荆棘丛莽间，离地约 4 尺高。

　　其他如虎鵙、赤鵙、缟鵙等，与普通的伯劳，同样大小；大灰鵙一种最为美丽。虎鵙（L.tigrinus Drapiez），头上，后头并脊的前部，都是美丽的青灰色；以下背面赤褐，而有黑色横斑。翼的拨风羽褐色，尾羽赤褐，有极不明了的横斑，仅先端为白色。自嘴基部至眼端，并眼的周围和耳羽，都是纯黑色。下面全部纯白。嘴铅色，脚灰暗。雌鸟色彩较雄鸟为纯。胁部散布黑色斑纹。幼鸟背面自头上起，均为赤褐，密布褐色横斑。下面地色黄白，侧部有黑色横斑。繁殖于我国北部并日本，冬季迁移南方。赤鵙（L.cristatus supercriliosus Lath）背面自头上以迄上尾筒，均为栗赤色，额和眉斑纯白。耳羽，眼周围，以至嘴基部黑色。翼的拨风羽黑褐，尾羽赤褐，有不明了的横纹。下面腮和喉纯白，以下呈淡黄褐。嘴黑色，脚苍褐。雌鸟背面色稍黝暗，颜面略带赤意。幼鸟背面暗褐，腹面有波状斑纹。繁殖于日本，冬季迁移到我国并南洋等处。缟鵙（L.c.lucionensis L.）和前种同样，亦有斑纹；背面地色带褐灰，至下方稍带赤色，腰略为赤褐，头上则为灰色，额的赤色部窄狭。下面自腮以迄上胸纯白，以下黄白。雌鸟颜面的黑色部带褐，额的白色部，没有雄鸟那样明晰。幼鸟也酷似前种，但赤味较少。在我国中部和北部繁殖，冬季移徙南方。

大灰鵙（L.sphenocercus sphenocercus Cab.）体上面淡灰色；前头基部，鼻羽，狭眉，肩羽的外羽瓣以及下面全部，均为白色；而新换的个体，下面常微染红色。虹膜褐色，嘴和腿黑色，下嘴基部微白。这是一种美丽的伯劳，在山西为极普通的一种冬鸟。长江及其南部，也常可遇见。栖息于开敞的平原中，最特别处所，为田野或已收割的芦塘中的丛莽间。

3 习性

　　伯劳有一种奇异的特性。《淮南子》云："伯劳使蛇蜿蝉。"《类丛》云："鹍鸣在上，蛇盘不动。"然而这是形容过甚的话，它不过有时也要食蛇，有时喜将食物拘禁起来，所谓"夏至后，应阴而杀蛇，磔之于棘"就是。何谓磔呢？就是将蛇钉住于棘上；然而不但是蛇，它所喜欢吃的昆虫、蛙等食物，都是要被钉住的。日本曾有某种的调查，采集被磔的动物，作一统计：713头的总数中，285头是昆虫，其中有蝼蛄、蟋蟀、螽蟖等直翅类195头，鳞翅类的幼虫71头，其他种类19头，大部分为害虫；益虫仅13头。除昆虫外，别种动物，以蛙为最多；452头中，占318头。但伯劳何以要将这些动物磔起来呢？现在还颇不能明了。冬季没有昆虫等物，似乎是贮藏预备的意思，只是伯劳并不喜欢干燥的食物，所以理由也不充分。或伯劳的嘴甚为强健，可以捕取比较巨大的动物，但脚是很纤弱的；啄食时不能如鹰枭那样，使用双足为助，所以刺食物于树上，以补脚力的不足。或以为这都是吃剩下来的食物；但据调查所得，刺在棘上的东西，都是完全的个体，自然不能说是残餐。大概肉食动物性好残杀，捕获各种动物，不免带有游戏性质，是以有过量的现象。或则，例如当它捕得一只昆虫的时候，忽见另一昆虫在旁，于是就将捕得的一只，磔之于棘，复去追捕其余一个。如是转辗更换，遂有许多的食物，磔在树上了。

古人又以为伯劳是"贼害之鸟",盖它有追逐雀等小鸟的习性,
这是在野外所易于目击的现象。因此,伯劳就捕食害虫的一点看来,
它是益鸟;而同时它要袭击别的益鸟,而其间害益的分别很可怀疑
了。据欧美并日本的调查,可喜真正食鸟的伯劳,并非多数:

鸟名	检剖总数	食鸟个数	两者百分比	产地
L. excubitor	35	5	14%	欧洲
Lanius borealcs	67	28	42%	北美
L. bucephalus 伯劳	118	4	3%	我国并日本
L. lubovicianus	88	7	8%	北美
L. Supherciliosus赤鹛	67	0		我国并日本
L. magnirostris	52	0		日本
L. minor	37	0		欧洲

照前表的结果,我东亚所产的伯劳,食害小鸟,真真是为量极
微的,而主要的食饵,倒是昆虫,并且大部分是蟗螽、蝼蛄、椿象、
糖蛾等农作物害虫;所以利害相权,应认为是益鸟,须努力加以保护。
古来沿袭的不正当思想,可以纠正了。

伯劳的繁殖期,多在初夏,《礼记·月令》云:"仲夏之月
鹏始鸣。"《大戴礼》云:"五月鸩则鸣。"鸟鸣盖是雌雄相述的
表示。而《诗经·豳风》则云:"七月鸣鹏。"笺云:"今豳地晚寒,
鸟初鸣之候,从其乡土之气,故至七月鹏始鸣也。王肃云:'蝉及鹏
皆以五月始鸣,今云七月,其义不通也。古五字如七。'肃之说,
理也可通。"此种旧时记录,也不必再事深究。现在据服安和约翰
二氏所见,缟鹏在广东的繁殖期为5月和6月,赖吐税氏在秦皇岛
采得巢和卵,是6月和7月。巢比较粗大,用树枝、树根、草叶等,
造于树枝上。卵常有紫、赤、褐等色的显著斑纹,是很美丽的。

4 传说

　　魏曹植《令禽恶鸟论》有云："国人有以伯劳鸟献诸庭者，侍臣谓曰：'世同恶伯劳之鸣何谓也？'王曰：'昔尹吉甫信后妻之谗而杀孝子伯奇。俗传云：吉甫后悟，追伤伯奇；出游于田，见异鸟鸣于桑，其声嗷然。吉甫心动，曰："无乃伯奇呼？"鸟乃抚翼，其声尤切，吉甫曰："果吾子也。"乃顾曰："伯奇劳乎？是吾子，栖吾舆；非吾子，飞勿居。"言未卒，鸟寻声而栖其盖。归入门。集于井幹之上，向室而号。吉甫命后妻载弩射之，遂射杀后妻以谢之。'"大概因为伯劳的鸣声，尖锐刺耳，有不快之感，是以引出这样一个哀怨的传说。或则孝子伯奇的传说，是很值得人们忆念的；既有伯劳那样的鸟鸣，就很恰当地附会起来了。

　　只杨慎有一首《伯劳吟》的诗篇，然而这诗也只是一首极平凡的作品：没有思想，没有情感，也没有词藻，而且其间所说，更有牵涉到别种鸟类的张冠李戴的错误处。不过物以稀为贵，没有别的，就引下这唯一的关于伯劳的诗，来结束本文罢：

　　　南中有鸟名伯劳，《禽经》羽族称雄豪。曾隶九苞来栋竹，
　　耻随百舌绕蓬蒿。青春受谢，四月维夏；茂树薰风，长林短夜。
　　伊伊喔喔未有声，架架格格先鸡鸣。阶前停蜥笛，江上住鼍更。
　　熠耀收灯火，蟋蟀罢秦筝。村姑侵星提瓮汲，山农带月架犁耕。

戴胜降桑人共美，鶗（tí）鴂歇芳君不见。寄信难凭北去鸿，单栖肯逐西飞燕。故乡迢递水云深，客游闻此几惊心。何时高枕松窗下，细听桐花小凤吟。

带尾鸽

画眉

1 文学上的画眉

"鸟之见畜于人者不一，大抵其类有四：或以羽，或以格，或以勇，或以音。然以羽则近于戏，以格则近于豪，以勇则近于博；惟以音则呢喃睍睆，清韵动人，真所谓俗耳针砭，诗肠鼓吹也，乃世人辄喜其能效人言；苟若是，则滔滔者天下皆是也，亦何必于黔喙之属求之乎？鸟语之佳者，当以画眉为第一，余每过友人斋头；闻其音，辄低徊留之不能去。"（张潮《〈画眉笔谈〉题词》）诚然，画眉是我国有名的 Song Birds，和百灵、绣眼等类，同为最普通的笼鸟。宋欧阳修，最初以之入诗；在历史上，这要算最早的记录了。其他的文献极少，只有一些诗篇，便引录在这里：

> 百啭千声随意移，山花红紫树高低。始知锁向金笼听，不及林间自在啼。

> （欧阳修《画眉鸟》）

> 尽日闲窗坐好风，一声初听下高笼。公庭事简人皆散，如在千岩万壑中。

> （文同《画眉禽》）

> 说尽春愁貌不成，翠深红远若为情？江南有客头空白，肠断东风百啭深。

> （黄滔《桃竹画眉图》）

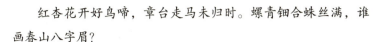

红杏花开好鸟啼，章台走马未归时。螺青钿合蛛丝满，谁画春山八字眉？

（钱逊《杏花画眉》）

宝髻蓬松锦帐垂，晓晴慵起斗花枝。浓妆未必能承宠，何事幽禽唤画眉？

（范言《画眉》）

云树苍茫一水通，峰头长啸海天空。酒筹不惜花枝送，人醉禽声断续中。（邬佐卿《焦山绝顶，同郭次甫凭江阁晚眺，适两画眉递啭，因传筹，即其声断处进酒，戏抵催觞鼓节》）

鸟声节拍递相催，借向空江送酒杯。宛转娇音人已醉，不须龙女唱歌来。

（郭第：前题）

隔枝幽鸟响笙簧，一断清音一举觞。绝胜花边催羯鼓，乱峰烟月半斜阳。

（王叔承：前题）

这些诗，都是简短清快，风韵悠然，正如此鸟是一种可爱的小鸟。

2 科学上的画眉

画眉在鸟类学上，属于燕雀目，画眉科（Timaliidae），画眉亚科（Timalinae），大卫乌斯他莱二氏，名之为 *Leucodioptron hoamy* D&O.；1891 年斯丹恩（Styan）氏发表于《红鹤杂志》（*Ibis*），更名为 *Trochalopteron canorum Styan*，至今沿用。以亚种分之，普通一种为 *T.c.canorum Swinhoe*，分布我国南方各省。最北，陕西南部曾经有过记录。繁殖地是江苏、浙江、福建等处。另有栖居于海南岛的一亚种为 *T.c.owstoni*（Rothschild）；2、3 月见于云南东南部的一种为 *T.c.namtiense* La Touche。普通种的详细形态：前头，冠，尾上部和翼面为金赭褐色；颈侧较淡。头，颈和上背略有暗褐阔线纹；一条白色眉线，围绕眼周，延及后方，越过覆耳羽；眼端，颊和覆耳羽淡褐，但较背面略暗；尾较背面暗，有褐色横线，尖端则为尘灰色；腹部中央灰色，其余下部金赭色，腰部较褐；腮，喉，上胸部有暗褐线。虹膜榛栗色；嘴黄褐，下嘴基部黄色；腿带黄。幼鸟较淡，褐色略重，头和颈没有条纹，尾部没有横纹。

元代陈旅有《白画眉图》诗一首，大概也有白化个体发现过，诗云："隋家官妓扫长蛾，销尽波斯百斛螺。化作雪禽春树顶，远山无数奈愁何。"

画眉因它歌鸣悦耳，是以饲作笼鸟；有时也用作斗鸟。野生丘陵间，每日午后，歌鸣最为流利。张潮《跋（画眉笔谈）》云："余尝欲以鸟语作诗，因细听画眉音，似云'如意如意'。嗟乎！苟能'如意'，余又何求？余弟不知画眉日祝'如意'，果能'如意'否也？"性谨细奸诈，屡至村落附近的短林丛莽并庭园间的灌木中，觅食游行。成为小群时，异常喧噪。略为杂食性，而食虫较多。在广东，每年4~7月，生卵两次；在福建，则5月产卵；长江一带，也是4、5、6、7月中孵雏的。巢常筑在近地的小树或断枝上。杯形而大，外面极粗糙，由树叶、枯草、枝桠等合成。卵常4个，为匀净的蓝宝石色，光泽强，甚觉美丽。

水栖画眉

3 饲养法

关于画眉饲养的方法，我们可以从陈均所著的《画眉笔谈》中得到一个大概，这是一篇极为详赡、极为实用的旧式的讲饲鸟的文字。我国旧籍，对于饲鸟，似乎一部专书也未曾有过；像这样难得的文字，不妨把它引录下来：

　　色苍黄，类雀，而眉特白，长如线，有若画成者，俗名曰画眉，意取诸此也。雄者最善鸣，雌者则否。性尤嗜斗，居山中，必独踞一地，不使他雄或过，过即力斗，如不欲生；时疾声震动，为防闲其雌；故此鸟从未有乘居而群游也。

　　出入不离林薄，人欲获之，非罗毕所能致。然因其声清圆巧啭，恒以竹器置雌其内，设机械诱得焉。但其老者刚不可驯；而稍弱者名为"串枝"，或可强置诸笼，终不狎于人，每见生人，即决眦裂吻，突跃而不能已，固不若雏饲养者之为依人而嘤鸣可爱也。取雏之法，先得其伏雏之处；伺雏可离母，即探而归之笼，日喂以白腐。稍长，即以米粒置几上，用指啄米如啄食状，日令其见，则俟其味坚时，投之粒米，彼即自粒食。粒用蛋黄傅之者，取其悦雏之口；久而性成，遂非此不食矣。食即思饮，故食旁置饮器，注水其中。俯而食，仰而饮，不必五步十步，而一饮一啄自不易也。非此则必殒其生。人有忌之者，以头垢杂置食中，食之，即不能发声。养之之法，尤谨御外患；但使习与人依；人每挈之与偕出入，使猫、鼠、鹰、犬，虽常见而不致肆毒，则不生恐怖，而饮啄自安。食固喜啖生物，常多杀昆虫，为人所不忍；即虾蟹之类，恐不及猝得；不若日以片肉给之；肉独与牛相宜，去其油膜；其干不可啮者，则刭碎置食斗，彼得肉食，亦不复他想耳。若与蟹食，则傅火煨熟食之；侧置巨石一，为其刮垢之需。且置一器，满贮沙碛；彼食肉时，最喜与沙相间；泉石不缺，则山野之性自如。每日中须水而浴，当以盆贮水，置笼其上，斯刷羽修翎，意兴更自潇洒。

斯鸟也，或当弄晴之时，或值花阴之下，或逢他鸟遗音，或遇人声调唤，即睆睆如环，矢音不已，度不自知其置身藩笼之内也。音清亮，能歌诗作人语，亦能作猫声、鸡声、笛声以及犬吠声；皆教之自人。其教之之始，于雏时置卧侧，每夜分，棒击其笼令醒，度音使习之，久久即能曲肖。若未吐音之初，欲辨其可否，则先置山涧潺湲，听其窃自细语，即雄而能鸣可教；否则，虽教之无益也。人教语之外，遇飞鸣者，能窃学其语，此尤巧慧非常，不可多得。

冬亦畏酷寒，早宜近日，晚以布帷之，置诸室内无风处。时视其水，勿使冻坚而不给于饮，则不致渴死；盖此鸟死为饥者犹少，而死于渴者恒多，故惟此最宜加意。至尤可虑者，每岁八、九月间，毛希革易时，宜善调护，多与活物食之；勿令发声，以耗其气，勿使他雏逼处，以触其斗，则气旺神全，虽木鸡之养，无以过矣。

余馆在城中，不能得山林之趣；时蓄此鸟，以为俗耳针砭；因细询之禽人，一一悉其出处、喜好、饮食、性情之致，爰笔之左方。窃欲以不忘鸥者善学海翁之忘鸥而鸥不去也云尔。若或以卫懿公之好鹤为余病，则余岂敢！

（《昭代丛书别集》）

画眉

戴胜

《禽经》云："鸤（shī）鸠，戴胜，布谷也。"张华注云："扬雄曰：'鸤鸠戴胜，生树穴中，不巢生。'《尔雅》曰：'鶝𪄲（bī fú），戴𫛭（rén）。'𫛭即首上胜也，头上毛起，故曰戴胜，而农事方起，此鸟飞鸣于桑间，云五谷可布种也，故曰布谷。《月令》曰：'戴胜降于桑。'一名桑鸠，仲春鹰所化也。"鸤鸠并不"头上毛起"，所以讹传鸤鸠为戴胜，一见可辨其妄。但扬雄《方言》的错误，对于我国不求深解，不考实物的古人，是很不容易发现的。直至清郝懿行，乃敢用精密的考据法，大胆为之辨正。他说：

> 《说文》："𪁖，𪄲鶝也。"今《尔雅》作"鶝𪄲"，段氏注谓："当从《尔雅》。今谓俱通，声转为𪅖𪈫（fú）。"《方言》云："鸤鸠：燕之东北，朝鲜洌水之间谓之𪁖𪄲；自关而东谓之戴𫛭；东齐海岱之间，或谓之戴南。南，犹𫛭也；或谓之戴鵀（fén）；或谓之戴胜；东齐、吴、扬之间谓之𫛭；自关而西谓之服鶝；或谓之𪅖𪈫；燕之东北，朝鲜洌水之间，谓之鶹。"然则𫛭即胜也，声近字通，故《月令》作戴胜，《吕览》作戴任，高诱注："戴任，戴胜，鸱也。"《尔雅》曰："鹛（yǎn）鸠部（按：疑为卵之误）生于桑，三月其子疆飞，从桑空中来下，故曰戴任降于桑也。"高注："鸱，当作鸤；鹛鹛，当作鶝𪄲。俱形声之误也。"证以《淮

南·时则篇》，"戴任"作"戴鵀"，注亦云"戴胜鸟"；引《诗》"鸤鸠在桑"，可知《吕览》注误。《月令》疏引《尔雅》，亦作"鸤鸠，戴鵀"；李巡云："戴胜，一名鴟鸠。"皆即鶝鶔之讹，《邢疏》引作"鶝鶔"可证。又引孙炎云："鴟鸠自关而东谓之戴鵀"。皆本《方言》为说也。然鸤鸠巢居，戴胜乃生树穴中，本非同物，《方言》失之。戴鵀即今之楼楼谷，小于鹁鸠，黄白斑纹，头上毛冠如戴华胜，戴胜之名以此。常以三月中鸣，鸣自呼也。

所谓胜者："妇人首饰，汉世谓之华胜。"郝懿行大概是目击过此种鸟类的，所以他所说："生树穴中，……小于鹁鸠，黄白斑纹，头上毛冠如戴华胜。"洵非虚构的笔墨。

戴胜的形态，作者曾有详细的采集记录，刊《自然界》鸟类专号中（第1卷第6号），文字稍涉专门，普通读者，对之定觉沉闷，兹不引录，别取内田清之助氏的记录，译载于此：

头部的羽冠黄褐色；各羽端黑色；后方的长冠羽，近末端有白带，颜、喉及胸呈葡萄赤。上背灰褐。背的中部及肩羽，黑色而有淡褐带。腰白色。上尾筒黑色，边缘淡褐。尾羽黑，中央有阔白带。拨风羽黑，现白斑数条。腹部白，胁有褐色条纹。嘴黑，脚黑褐。

这个形态中，最惹人注目的，是它美丽的羽冠，我们既因此而名鸟，在诗歌中，更特别地对它有所吟咏：

季春三月里，戴胜下桑来。映日花冠动，迎风绣羽开。候

戴 胜

惊蚕事晚，织向女工裁。旅宿依花定，轻飞绕树回。欲过高阁柳，更拂小庭梅。所寄一枝在，宁忧弋者猜。

（张何《织鸟诗》）

星点花冠道士衣，紫阳宫女化身飞。能传上界春消息，若到蓬山莫放归。

（贾岛《题戴胜》）

戴胜谁与尔为名？木中作窠墙上鸣。声声催我急种谷，人家向田不归宿。紫冠采采褐羽斑，衔得蜻蜓飞过屋。可怜白鹭满绿池，不如戴胜知天时。

（王建《戴胜词》）

青林暖雨饱桑虫，胜羽高披湿翠红。亦有春思禁不得，舜花枝上诉东风。

（僧守仁《戴胜》）

我们长江一带，常常可以见这种美丽的鸟类，在林间隙地，觅食昆虫。祁天锡氏对于它的习性，略有记录，他说："此种鸟类的栖埘情形，颇引人注意。巢常在洞穴中，最多是树穴，偶然也采取岩石或堤岸傍之墙垣的隙裂。铺以草或羽毛。又常巢于曝露野外的棺材中，故俗名棺材鸟（Coffin birds）。雌鸟伏卵颇勤，是时食物，每由雄鸟哺饲。弃掷的废秽之物，每遗留巢旁，而不移至他处，所以甚为肮脏，至发恶臭。卵每产 5~7 枚，初为淡绿带蓝色，后转变作污黄色。"

戴胜的分类位置，属于枭鸳目（Coraciiformes）的戴胜科（Upupidae）。全科鸟类，种类极少，一共不过 5、6 种，我国所产有 2 种：这里所说的是普通一种，学名 Upupaepops saturata

Lounberg，英名暗色戴胜（Dark Hoopoe）或东方戴胜（Eastern Hoopoe）。分布西伯利亚、我国及日本等处。冬季在我国南部和印度。还有一种印度戴胜（Indian Hoopoe），学名为 U.epops orientalis Baker，只分布我国南方和印度，较为少见。

戴 胜

翡翠

1 种类

　　翡翠科（Alcedinidae）的鸟类，盛产于热带。身体为中型，或为小型，没有极大的种类。羽色都是十分美丽惹目，颇足称述。其中又分水翡翠（Alcedininae）和山翡翠（Halcyoninae）两亚科。山翡翠亚科的鸟类，主栖于山间的溪流沿岸，并见于森林中。水翡翠亚科的鸟类，常在河流附近，捕食小鱼为生活。这二亚科，不但生活习性稍有不同，即形态也不相类。考我国旧记载，《禽经》云："背有采羽曰翡翠。"张华注以为："状如鸡鸐（jiāo jīng），而色正碧，鲜缛可爱。"据这一说，"翡翠"二字，是一种鸟类的名称。又如《说文》云："翡，赤雀。翠，青雀也。"《广志》云："翡，色赤。翠，色绀。"则翡与翠乃各为一种鸟类。就假定它是两种鸟类，以与现今习见的种类相对比，那么与山翡翠亚科翡翠属的两种鸟类，适相符合。但单名之为翡和翠，于称谓上，实不便利。所以，我们不妨另定新名为紫翡翠〔Halcyon coromanda major（Temminck and Schlegel）〕和青翡翠〔H. pileata（Boddaert）〕。紫翡翠身体上面，包括翼和尾，以及颜面，栗色而带紫赤的光泽。下脊和腰白色，微混淡青或淡紫色。下面黄褐色，喉部并腹部中央较为淡薄。嘴赤色，基部微带黑味，脚为赤褐色。其分布区域，为中国、日本、南洋等处。青翡翠较大一些，头上后颈以及颜面黑色，而有白色的颈轮。脊和腰浓青色。初列拨风羽外羽瓣青色，内羽瓣黑色。尾上面浓青色，反面黑色。体下面，从腮到胸的中部白色，以下则赤褐。嘴浓赤色，脚带暗赤。幼鸟喉有黑斑；胸部羽毛，现暗色边缘。分布于印度，我国以及朝鲜等处。在日本不过偶然有得捕获而已。这两种鸟类，都是南方出产较多。《南中志》云："宁州之极西南有翡翠。""南里县有翡翠。"《广志》："翡色赤，翠色绀，皆出交州兴古县。"《交州志》："翡翠出九真。"都是近于事实的记载。这两种都是雌雄同色的鸟类，《本草纲目》以为："雄为翡，其色多赤；雌为翠，其色多青。"实不足置信。

水翡翠亚科鸟类，有最普通的鱼狗（Alcedo atthis bengalensis Gmelin），亦名鱼虎或鱼师（师即狮），"狗、虎、师，皆兽之噬物者；此鸟害鱼，故得此类命名"。（《本草纲目》）古名鴗（lì）与天狗，见《尔雅》。《尔雅翼》的作者，记录当时俗名为翠碧鸟，犹现在单称翠鸟耳。形态较翡翠稍小，盖鱼虎即"翡翠之小者"。（《埤雅》）"小者为鱼狗，大者翠奴"也。其形态头部暗绿色，有鲜青色的细斑点。后头部的羽毛，稍成冠状。脊，腰，上尾筒，为鲜明的苍空色；而肩覆雨羽等暗绿，拨风羽褐而有青缘。尾呈青色。眼前并耳羽栗色，其后有白斑；颊与头上同色。体下面：腮和喉白色，以下均呈栗色。嘴黑，基部并下嘴黄色；脚鲜红色。郝懿行《尔雅义疏》所谓："今所见者青翠色，大如燕，而喙极长，尾极短。喙足皆赤色。"就是此种鸟类的概形。分布西伯利亚，我国，以及日本、印度等处。

《本草拾遗》云："亦有斑白者。"当为今之斑鴗（Ceryle lugubris guttulata Stejneger）。头上和颜面黑色，而有显著的白色斑点。后头羽毛，延长作冠状。颈和颊白色，以下的背面，直至

尾部为黑色，有无数白色斑点和横斑。体下面白色，喉部两侧，上
胸部并体侧有黑斑。颈侧各有栗色斑一；又胸部黑斑中，也有栗色
斑相混。嘴黑而基部绿，脚绿褐色。雌鸟色彩，略有不同；缺颈侧
和胸部的栗色斑，腋羽并下覆雨羽淡栗色。体形较前述几种为大。
分布亚洲南部，延及我国中部，北方是不产的。

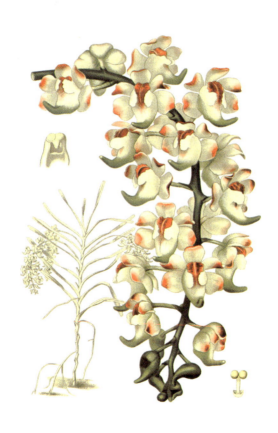

2 习性

　　鱼狗常栖息于平地的河边；山居种类，也大多徘徊于溪流近旁，故张华云："饮啄于澄澜洄渊之侧，尤惜其羽，日濯于水中。"食饵以小型的鱼类为主，蛙、昆虫，并小形甲壳类，嗜好稍次。常出没于养鱼场的附近，袭取幼鱼，尤其山间的养鱼池，最被侵扰。

　　翡翠类和别种鸟类相比，最显著的一项特征，为嘴与身体的一项比例，非常长大，为支持嘴重之故，头部也比较的大了一些。两脚极短，没有普通鸟类所生的后趾，仅有前方三趾，趾基又互相愈合。色彩大都美丽。

　　飞翔甚为迅速，如矢直射，但不善作远距离的飞行，常止于树枝、岩角以为休息。这样休息的时候，瞥见鱼类上浮水面，就倏然飞下，将鱼捕取，然后回到栖息地方，静静吞食。在诗歌中，关于这个取食的情形，最多形容：

　　　　红襟翠翰两参差，径拂烟花上细枝。春水渐生鱼易得，不辞风雨坐多时。

　　　　　　　　　　　　　　　　　　　（陆龟蒙《翠碧鸟》）

　　　　有意莲叶词，瞥然下高树。劈波得潜鱼，一点翠光去。

　　　　　　　　　　　　　　　　　　　（钱起《衔鱼翠鸟》）

　　　　清晨有珍禽，翩翩下鱼梁。其形不盈握，毛羽鲜且光。

天人裁碧霞，为尔缝衣裳。晶荧眩我目，非世之青黄。爱之坐良久，常恐瞥尔翔。忽然投清漪，得食如针锃。如是者三四，厌饮已一肮。既饱且自嬉，翻身度回塘。飞鸣逐佳匹，相和音琅琅。

（文同《翡翠》）

见诸长喙须避，得少纤鳞便飞，为报休来近岸，有人爱汝毛衣。

（同上）

翠羽画殊绝，窥鱼秋水深。忽来知险意，静立见机心。沙白霜初落，溪寒日易阴。何当随啄木，除蠹向高林。

（僧原澔《鱼虎子图》）

最特殊的，外国产的一种，能啄取昆虫，投于水面，以作引诱的食饵。鱼类不察而贪此食饵，它就急行飞下，将鱼捕住了。

翡翠的巢，营于水边；大多在堤防中，深深地掘着横穴。内部较为广阔的一处，敷设鱼骨，作为育儿室。就产数颗白色的卵于其中。此种习性，《尔雅翼》的作者，已经明知，他说："今此鸟穴土为巢，尝冬月起其穴，横入一尺许，雏于其中。"而《异物志》云："翠鸟先高作巢。及生子，爱之恐堕，稍下作巢；子生毛羽，复益爱之，又更下巢也。"这大概就山栖的、巢于树穴的种类而说。

栗领翡翠

3 应用

　　然而通常所称的翡翠，大概指青翡翠而说。自来都采为饰物，取其翠碧可爱。据张华云："今王公之家，以为妇人首饰，其羽值千金。"可见它价值的珍贵。《离骚》有"翡帏翠帱"之句；徐广《车服注》云："天子辂，金根车，翠羽盖。皇后首饰步摇，八雀九华加翡翠。"《埤雅》云："荆王以其羽毛饰被，《左氏传》所谓'翠被豹舄'是也。"据此，则翡翠不但应用于首饰，且亦为各种器物衣服的装饰。现在大概已经没有古昔那样的重视。曾忆幼时见旧式金银铺中犹以之镶嵌于首饰上；近来，这样的金银器，也不时行了。翡翠因其羽色，而罹杀身大祸，诗人又为之唏嘘扼腕矣：

　　　　翠雀縻鸟，越在南海。羽不供用，肉不足宰。怀璧其罪，贾害以采。

　　　　　　　　　　　　　　　　　　　　（郭璞《翡翠赞》）

　　彼二鸟之奇丽，生金洲与炎山。映铜陵之素气，濯碧磴之红泉。石锦质而入海，云绮色而出天；峰岑嵒而蔽日，树静暝而临泉；霞轻重而成彩，烟尺寸而作绪；热风翕而起涛，丹气赫而为暑；对潏流之蛟龙，冲汶溿之雾雨；耀绿叶于冬岫，镜朱华于寒渚；敛慧性及驯心，骞祯翼与青羽，终绝命于虞人。充南琛于祕府，备宝帐之光仪，登美女之丽饰。杂白玉以成文，糅紫金而为色。专妙采于五都，擅精华于八极。傅贵质于竹素，晦深声于百噫。嗟乎，鸡鹜以稻粱致忧，燕雀以堂构贻愁。既衔利之已近，又遁害之无由。今乃依赖火之绝垠，出赤县之绂州。远人迹而独立，掣天倪而为俦。竞同获于河雁，不俱恕于海鸥。必性命兮有当，孰能合兮可求。

（江淹《翡翠赋》）

翡翠巢南海，雄雌珠树林。何知美人意，骄爱比黄金。杀身炎洲里，委羽玉堂阴。旖旎光首饰，蕤葳烂锦衾。岂不在遐远，虞罗忽见寻。多材信为累，叹惜此珍禽。

（陈子昂《感遇诗》）

翠翠复翠翠，双飞亦双止。西风吹老芙蓉枝，水冷河清鱼不起。朝从南海去，暮仍珠树归。娟娟波心影，氄氄身上衣。今日沙头忽不见，点上吴宫美人面。

（王问《翠翠辞》）

物以稀为贵。翡翠出产南方，古时就用作贡物，见于史乘者甚多：

成王时，苍梧献翡翠。

（《周书》）

文帝元年，献翠鸟千，生翠四十双。（《汉书·南粤王赵佗传》）
日南远致翡翠，充备宝玩。

（《吴录》薛综疏）

岭南道安南土贡翠羽，睦州玉山郡土贡翠羽。

（《唐书·地理志》）

到宋代，特多禁用的记载。甚且焚于通衢，以示决绝，这也未免矫枉过正耳：

> 魏国长公主，襦饰翠羽，戒勿复用。又教之曰："汝生长富贵，当念惜福。"
>
> （《宋史·太祖本纪》）
>
> 修古为监察御史，禁中以翡翠为服玩，诏市于南越。修古以谓重伤物命，且真宗时尝禁采绒毛，故事未远，命罢之。
>
> （《宋史·曹修古传》）
>
> 绍兴二十三年，去宣和未远，妇人服饰，犹集翠羽为之，近服妖也。二十七年，交趾贡翠羽数百，命焚之通衢，立法以禁。
>
> （《宋史·五行志》）

捕取之法，或云自巢中取之，或云乘其飞翔，以网罗之。亦试从旧记载中考之：

> 巢于树颠生子，夷人稍徙下其巢，子大未飞便取之。出交趾郁林郡。
>
> （《吴都赋》刘逵注）
>
> 翡翠生于深黎之茂林峻岭，人罕得见。传云晴霁日中始一出，阴晦竟日不出。小大仅侔梁燕；羽翰五色，离披可爱。人必积久探视，罗其巢，始获之也。
>
> （《海槎余录》）
>
> 翡翠其得也颇难。盖丛林中有池，池中有鱼；翡翠自林中飞出求鱼，番人以木叶蔽身而坐水滨，笼一雌以诱之；手持小网，伺其来则罩。有一日获三、五只，有终日全不得者。
>
> （《真腊风土记》）

4 神话

　　翡翠是娇小可爱的鸟类。西洋古代，关于它有一个传说，说它筑巢浮于海面；在冬至节前的 7 日和后 7 日之中，海面十分平静，是以翡翠能安稳地在海中。初起的 7 日，它们完成造巢的工作，其次的 7 日，孵化幼雏。这 14 日，特名之为康宁日（Halcyon days），到现在还是这样的称呼。在我国，没有这种习性上的奇异传说，只见几个化人的神话：

　　有道士徐仲山者，少求神仙，专一为志。尝山行遇暴雨，苦风雷，迷失道径。忽于电光之中，见一舍宅，因投以避雨。至门，见一监门使者曰："此神仙之所处。"俄有一女郎，梳绾双鬟，衣绛赭裙，青文罗衫，左手执金柄麈尾幢麾，传呼曰："使者与何人交通而不报耶？"答曰："此乡道士徐仲山。"须臾，又传呼云："仙官召见徐仲山入。"引进至堂南小庭，见一丈夫，谓仲山曰："知卿精修多年，超越凡俗，吾有小女，颇闲道教，以其宿业，合与卿为妻。"仲山降谢，丈夫乃命后堂备吉礼。既而礼毕，三日，仲山悦其所居，巡行屋室，西向厂舍，见衣竿上悬皮羽十四枚，是翠碧皮，余悉乌皮耳。仲山私怪之，却至室中，其妻问其夫曰："子适游行，有何所见，乃沉悴至此？"仲山未之应，其妻曰："夫神仙轻举，皆假羽翼，不尔，何以倏忽而致万里乎？"因问曰："乌皮羽为谁？"曰：
"此大人之衣也。"又问曰："翠碧皮羽为谁？"曰："此常使
通引婢之衣也。"语未毕，忽然举宅惊惧，问其故，妻谓之曰：
"村人将猎，纵火烧山。"须臾，皆云："竟未与徐郎造得衣，
今日之别，可谓邂逅矣。"乃悉取皮羽，随云飞去。

（《太平广记》）

张确尝游雪上，于白蘋溪见二碧衣女子，携手吟咏云："碧
水色堪染，白莲香正浓；分飞俱有恨，此别几时逢？藕隐玲
珑玉，花藏缥缈容；何当假双翼，声影暂相从。"确逐之，化
为翡翠飞去。

（《树萱录》）

这都是说化作女子的，而《辟寒》中所记的一则，说是化作绿
衣童子。文笔甚为清丽，尤足一读：

隋开皇中，赵师雄迁罗浮。一日，天寒日暮，于松林间酒
肆旁舍，见美人淡妆素服出迎；时又昏黑，残雪未消，月色微明。
师雄与语，言极清丽，芳香袭人。因与之扣酒家门共饮。少顷，
见一绿衣童来，笑歌戏舞。师雄醉寝，但觉芳香相袭。久之，
东方已白，起视，乃在大梅花树下，上有翠羽啾嘈，相顾月落
参横，但惆怅而已。

5 鹬

　　《尔雅》释鸟，有"鸲，天狗"一条，又有"翠，鹬"一条。现在通俗的称谓，已将鹬指着一群小型的涉禽，而就古义考之，似乎鹬字可以指翠鸟，也可以指另一种小型的鸟类，或竟是大型的。如李巡云："鹬一名为翠，其羽可以为饰。"《唐书·李蔚传》云："成通十四年春，诏迎佛国凤翔，乃以金银为刹，珠玉为帐，孔鹬周饰之。"都是显然指着翡翠。

　　至如《说文》云："鹬知天将雨鸟也。"《礼记》云："知天文者冠鹬。"古人注释，也时常有与翠鸟混称者；但多数的人，均认作是另一种鸟类；《本草纲目》即持此说。陈藏器云："鹬如鹑，色苍，嘴长；在泥涂间作鹬鹬声。村民云田鸡所化，亦鹌鹑类也。苏秦所谓'鹬蚌相持'者，即此。"又李时珍云："《说文》云：'鹬知天将雨则鸣。'故知天文者冠鹬。今田野间有小鸟，未雨则啼者，是矣。与翡翠同名而物异。"

　　所谓"鹬蚌相持"，是一个尽人皆知的寓言，见于《战国策》："赵且伐燕，苏代为燕谓惠王曰：'今者臣来过易水，蚌方出曝，而鹬啄其肉，蚌合而箝其喙。鹬曰："今日不雨，明日不雨，即有死蚌。"蚌亦谓鹬曰："今日不出，明日不出，即有死鹬。"两者不肯相舍，渔者得而并擒之。今赵且伐燕，燕赵久相攻以敝大众，臣恐强秦之为渔父也。愿王熟计之也。'惠王曰：'善。'乃止。"这个鹬鸟，如陈藏器所说，未明大小。而颜师古以为鹬乃大鸟；然而大到如何程度呢？又是没有确定了。

《汉书·五行志》注引张晏云："鹬鸟赤足黄文。"虽然将形态说明了一些，但为何种鸟类，仍是疑不能明。原来鹬科（Charadriidae）鸟类，种族本极繁多；在文学上少有记述，现在也不必再多事探讨。

《益部方物略记》有一则关于翠鸟的记载云："出邛蜀山谷间，毛采翠碧，蜀人多畜之，一云翠碧鸟，善效他禽语，凡数十种。非东方所谓反舌无声者，鸟性亦矜斗，至死不解，然捕者惜之，不使极其击云。"揣摩文义，似指一种鹦鹉，只以亦为绿色，是以名耳。

《山海经》云："孟山有白翡翠。"绝对未详为何种鸟类。

杜鹃

1 望帝春心托杜鹃

　　春暮夏初，绚烂的春花，飘零于泥涂，婆娑的翠柳，迷混于浓荫；芳草萋萋，绿树沉沉，鲜明显豁的大地，渐渐着上了一重稠密的新装。蝶舞给隐匿了，鸟鸣也给隔离了；只有深林中的杜鹃，开始哀诉狂鸣。于是，我们听着它仿佛深怨幽郁的鸣声，就会记忆起李商隐那一句悲凉哀婉的诗句："望帝春心托杜鹃。"杜鹃在中国文学上，已成为一个重要题材；无论谁，只要稍微涉猎一些中国文学书籍，就可发现这个望帝化为杜鹃的故事。据说是这样的：

　　蜀之先，肇于人皇之际；其后有王者曰杜宇，称帝曰望帝。

　　　　　　　　　　　　　　　　　　　　　（《寰宇记》）

　　时荆州有一人，化从井中出，名曰鳖灵。于楚身死，尸反溯流，上至汶山之阳，忽复生，乃见望帝，立以为相。其后巫山龙斗，雍江不流，蜀民垫溺；鳖灵乃凿巫山，开三峡，降丘宅，土人得陆居。蜀人住江南，羌住城北，始立木棚，周三十里，令鳖灵为刺史，号曰西州。后数岁，望帝以其功高，禅位于鳖灵，号曰开明氏。望帝修道处西山而隐，化为杜鹃鸟。

　　　　　　　　　　　　　　　　　　（《禽经》引《蜀志》）

　　杜宇为望帝，淫其臣鳖灵妻，乃禅位亡去。时子鹃鸟鸣。

故蜀人见鹃鸣而思望帝。

（《蜀王本纪》）

在这个故事中，有一点不能明白；就是望帝并不怎样有恩德于人民，而蜀人却能"见鹃鸣而思望帝"。杜甫有一首《杜鹃》诗：

> 西川有杜鹃，东川无杜鹃。涪万无杜鹃，云安有杜鹃。我昔游锦城，结庐锦水边。有竹一顷余，乔木上参天。杜鹃暮春至，哀哀叫其间。我见常再拜，重是古帝魂。生子百鸟巢，百鸟不敢嗔。仍为喂其子，礼若奉至尊。鸿雁及羔羊，有礼太古前。行飞与跪乳，识序如知恩。圣贤古法则，付与后世传。君看禽鸟情，犹解事杜鹃。今忽暮春间，值我病经年。身病不能拜，泪下如迸泉。

这是一首感事诗，所云极为附会；但"生子百鸟巢，百鸟不敢嗔"云云，或许可以作这个故事起源的解释。

还有杜鹃的鸣声，自来拟为"不如归去"的；由"不如归去"的哀怨的情感，然后幻想出一个望帝出亡的故事，也属可能的事。

2 不如归去

　　杜鹃鸟深印人心，启发无限诗感，完全由于它的鸣声。古人把它拟人化了，从望帝出亡，"不如归去"设想，形成凄凉哀婉的情调，那是时代的限制，我们也就只能读一读这一类作品了。

　　蜀客春城闻蜀鸟，思归声引未归心。却知夜夜愁相似，尔正啼时我正吟。

（杜牧《杜鹃》）

　　十年冤魄化为禽，永逐悲风叫远林。愁血滴花春艳死，月明飘浪冷光沉。凝成紫塞风前泪，惊破红楼梦里心。肠断楚辞归不得，剑门迢递蜀江深。

（冯衮《子规》）

　　夜入翠烟啼，昼寻芳树飞。春山无限好，犹道不如归。

（范仲淹《子规》）

　　一叫一春残，声声万古怨。疏烟明月树，微雨落花村。易堕将干泪，能伤欲断魂。名缰惭自束，为尔忆家园。

（余靖《子规》）

　　月上半峰峰树碧，子规啼苦月无色。壮士身边都不闻，儿女眼中泪自滴。从军官清吾何苦，嘉州路远尔勿语！子规子规漫啼绝，断无清泪洒向汝！

（石介《闻子规》）

花愁月恨只长啼，雨夕风晨不住飞。自出锦江归未得，至今犹劝别人归。

（杨万里《出永丰县西石桥上闻子规》）

交疏日射房栊晓，碧树初闻子规鸟。惊回残梦了无欢，惨切清愁破清悄。独宿何曾下绣帷，宁劳劝我不如归。莺花烂漫江南道，好向游人醉处啼。

（孙贲《闺中闻子规》）

子规啼送晓云间，千里思亲匹马还。路出毛州草如海，天边何处不忘山？

（日人，佚名）

茅檐人静，蓬窗灯暗，春晚连江风雨。林莺巢燕总无声，但月夜常啼杜宇。催成清泪，惊残孤梦，又拣深枝飞去。故山犹自不堪听，况半世飘然羁旅。

（陆游《鹊巢仙·夜闻杜鹃》）

还有方孝孺的一首《闻鹃》诗，系用淡描的笔墨，舒写率直的情感，是一首一气直贯，悲壮愤激，读之令人振奋的作品：

不如归去，不如归去。一声动我愁，二声伤我虑。三声思逐白云飞，四声梦绕荆花树。五声落月照疏棂，想见当年弄机杼。六声泣血溅花枝，恐污阶前兰苗紫。七八九声不忍闻，起坐无言泪如雨。忆昔在家未远游，每听鹃声无点愁。今日身在金陵上，始信鹃声能白头。

在禽言诗中，"不如归去"尤为常用的材料：

不如归去，孤城越绝三春暮，故山只在白云间，望极云深不知处。不如归去不如归，千仞冈头一振衣。

（朱熹）

不如归去，不如归去；千山万水家乡路。今年又负故园花，来岁开花定归否？归去归去须早归，近日江湖非旧时。

（戴昺）

不如归去，愁绿怨红春欲暮。汝劝行人归，行人劝汝住；鸣声不住良苦辛，啼得血流无用处。不如归去吾今归，千声万声尔何为？

（刘学箕）

不如归去，省我坟墓。风卷纸钱灰，乌鸦衔上树。十载不归来，忘却门前路。

（金若兰）

从"不如归去"的正面意义设想，便拟似它的声音为"思归乐"。如元稹《思归乐》诗云："我作思归乐，尽作思归鸣。尔是此山鸟，安得失乡名。应缘此寄迹，自古离人征。阴愁感和气，俾尔从此生。"白居易也有和诗："山半不栖鸟，夜半声嘤嘤。似道思归乐，行人掩泣听。皆疑此山路，迁客多南征。忧愤气不散，结化为精灵。我谓此山鸟，本不因人生。人心自怀土，想作思归鸣。"

其他，也有拟似它为"谢豹"的，于义无取。张华《禽经》注："子规啼苦则倒悬于树，自呼谢豹。"雍陶《闻杜鹃》诗："碧竿微露月玲珑，谢豹伤心独叫风。高处已应闻滴血，山榴一夜几枝红！"依据《琅嬛记》的记载，谢豹这个名称，还与一个恋情故事有关："昔有人饮于锦城谢氏，其女窥而悦之。其人闻子规啼，心动，即谢去。女恨甚。后闻子规啼，则怔忡若豹鸣也。使侍女以竹枝驱之，曰：'豹！汝尚敢至此啼乎？'故名子规为谢豹。"

现据日人内田清之助氏的纪录，鸣声实作：

"te pe n ka ke ta ka"或"ho n zo n ta te ta ka"。

每每连续反复，啼鸣不已。

3 啼血深怨

在旧籍中，还有一种啼血的传说：

> 隽周瓯越间曰怨鸟。夜啼达旦，血渍草木。
>
> （《禽经》注）
>
> 杜鹃苦啼，啼血不止。
>
> （《埤雅》）
>
> 三、四月间，夜啼达旦，其声哀而吻有血。
>
> （《格物总论》）
>
> 人言此鸟啼至出血乃止，故有呕血事。
>
> （《异苑》）

根据这种传说，就给杜鹃鸟更增加了一层悲感。

> 雨恨花愁同此冤，啼时闻处正春繁。千声万血谁哀尔，争得如花笑不言。
>
> （来鹏《子规》）
>
> 蜀魄千年尚怨谁？声声啼血向花枝。满山明月东风夜，正是愁人不寐时。
>
> （罗邺《闻杜鹃》）

年年春恨化冤魂，血染枝红压叠繁。正是西风花落尽，不知何处认啼痕。

（吴融《秋闻子规》）

楚天空阔月沉沦，蜀魄声声似告人。啼得血流无用处，不如缄口过残春。

（杜荀鹤《闻子规》）

国亡知几代？啼血声转频。尔自无归处，何须苦劝人。烟深青嶂晓，花落故城春。任是心如铁，闻时亦怆神。

（张羽《杜宇》）

暮春滴血一声声，花落年年不忍听。带月莫啼江畔树，酒醒游子在离亭。

（李中《子规》）

春残杜宇愁，越客思悠悠。雨歇孤村暮，花飞远水头。微风声渐咽，高树血应流。因此频回首，家山隔几州？

（前人《途中闻子规》）

此种啼血的误解，当然起源于观察不精。虽然，李时珍已经晓得杜鹃是"赤口"的；但"血渍草木"的观念，人人深印脑中；所以就是到了现在，恐怕也还有人这样的相信。或则有时捕获的杜鹃，嘴上偶有血迹，于是推想它是啼苦而出血的；并以为一般的杜鹃，当系同样如此。日本曾有说捕获过夜间撞壁而死的杜鹃，的确见有满口污血。不过这个实例，假如真实，也不能作为啼而出血的证据；这满口污血，当系撞壁受伤所致。

4 杜鹃花

和啼血相关，古人咏杜鹃鸟的诗，就常常连带说起杜鹃花：

　　游魂自相叫，宁复记前身！飞过邻家月，声连野路春。梦边催晓急，愁处送风频。自有沾花血，相和雨滴新。

（贾岛《子规》）

　　杜宇竟何冤，年年叫蜀门。至今衔积恨，终古吊残魂。芳草迷肠结，红花染血痕。山川尽春色，呜咽复谁论。

（杜牧《杜鹃》）

　　蜀地曾闻子规鸟，宣城又见杜鹃花。一叫一回肠一断，三春三月忆三巴。

（李白《宣城见杜鹃花》）

　　举国繁华委逝川，羽毛飘荡一年年。他山叫处花成血，旧苑春来草似烟。雨暗不离浓绿树，月斜长吊欲明天。湘江日暮声凄切，愁杀行人归去船。

（吴融《岐下闻杜鹃》）

　　山前杜宇哀，山下杜鹃开。肠断声声血，郎行何日回？

（木公《杜鹃》）

《南越笔记》云："杜鹃花以杜鹃啼时开，故名。"然杜鹃啼时所开花，并不止此一种，要亦以其色殷红，似杜鹃啼血所渍成故耳。或则，二者同在西蜀为人所注意，是以名耳。据作者所见，现在钱塘江两岸山谷中，亦甚为繁茂；初夏放舟中流，只见满山红色，宛如锦绣；绿荫参差相间，犹似明霞烂漫；俗名此花为"映山红"，实尽得其趣。

杜鹃花在植物分类位置上，属于杜鹃花科，杜鹃花属，学名为 *Rhododendron simsii* Planch（*R.indicum var.ignescers* Sweet）分布河南、湖北、四川、湖南、江西、江苏、浙江、福建、广东、云南等省。同属植物，我国所产，据钟心煊氏的调查，共216种，又8变种；以云南、四川二省所产为最多。名称见钟氏所著《中国木本植物目录》一书中。

此花虽然绚烂可观，而且《花镜》中曾有栽培方法的记录。《云南通志》又说："杜鹃有五色双瓣者，永昌、蒙化，多至二十余种。"但栽培并不普遍。故檀萃《滇海虞衡志》说："杜鹃花满滇山。尝行环洲乡，穿林数十里，花高几盈丈；红云夹舆，疑入紫霄，行弥日方出林。因思此种花，若移植维扬，加以剪裁，收拾蟠屈于琼砌瑶盆，万瓣朱英，叠为锦山，未始不与黄产争胜。而弃在蛮夷，至为樵子所薪，何其不幸也？"现在上海等处花卉园艺，较为繁盛；杜鹃花种，大多来自日本；于初春严寒时节，和牡丹同样，用温室促成开花，与梅花、水仙等清芳孤标的风韵相映，其富丽华美，尤足多者。

树型杜鹃

5 别名种种

本文所说的是杜鹃鸟，例证中曾杂引了"杜宇""子规"等等名称，都是它的异称；杜鹃鸟的别名真多，在旧记录中，恐怕它要算名称最多的一种鸟类了。在它那些分歧繁杂的名称中，有一些是属于神话上的，有一些是拟似鸣声的，有一些是各处各地的俗称；又以声音讹转的关系，同一名称，有各种各样的写法，因此愈见纷杂繁复。

杜鹃　《荆楚岁时记》。

　　《本草纲目》："蜀人见鹃而思杜宇，故呼杜鹃；说者遂谓杜宇化鹃，误矣。鹃与子巂、子规（亦作秭归）、鹈鸪（亦作鹕鸪）、催归（亦作思归）诸名，皆因其声似，各随方音呼之而已。其鸣若曰'不如归去'，谚云'阳雀叫，鹈鸪央'。是矣。……服虔注《汉书》，以鹈鸪为伯劳，误矣；名同物异也；伯劳一名鹨，音决，不音桂。"

杜宇　《禽经》："江左曰子规，蜀右曰杜宇，瓯越曰怨鸟。"

杜魄　武元衡诗："望乡台上秦人在，学射山中杜魄哀。"

蜀魄　《事物异名》。

怨鸟　《禽经》，见杜宇。《埤雅》："杜鹃苦啼，啼血不止，一名怨鸟。"

冤禽　《格物总论》。

鹈鴂 《本草纲目》，见杜鹃。

    按：鹈音啼，鴂音规。

鹈鴃 《离骚》："恐鹈鴃之先鸣兮，使百草为之不芳。"

    按：鹈音提。

鹈鴂 《本草纲目》，见杜鹃。扬雄《反离骚》："徒恐鹈鴂之将鸣兮，顾先百草为不芳。"

    按：鴂音贵。

鶗鴂 《本草纲目》，见杜鹃。

    《广韵》："鶗鴂，子规也。"

    按：鶗音啼，或音弟，义同；《集韵》作鳀；《正字通》作鹈。

鶗鴂 《本草纲目》。

田鹃 《临海异物志》："鹈鴂一名田鹃，春三月鸣，昼夜不止；音声自呼。俗言取梅子涂其口，两边皆赤。上天自言乞恩，至商陆子熟，鸣乃得止耳。"

盘鹃 《玉篇》。

子鹃 《华阳国志》。

    《西溪丛话》。

    《通雅》。

子鴂 《博雅》："鸡鴠子鴂。"

子鴂 《蜀王本纪》。

子规 《本草纲目》，见杜鹃。

    《禽经》，见杜宇。

子归 杨维桢《五禽言》："子归，子归，子不归，白头阿婆慈且悲。子勿归，待何时？君不见：西江处士章九华，十年去赴丘园科，母死妻啼未还家。"

秭归　《本草纲目》，见杜鹃。

　　　《高唐赋》："秭归思归。"

秭鸠　《史记》："百草奋兴，秭鸠先滜。"

子巂　《本草纲目》，见杜鹃。

　　　《尔雅》郭璞注："子巂鸟出蜀中。"

子鹦（xī）　《广韵》："子鹦出蜀中，本作巂。"

巂周　《尔雅》。

　　　《禽经》："巂周，子规也。"

周燕　《本草纲目》。

思归　《本草纲目》，见杜鹃。

思归乐　《见闻录》："思归乐鸟状如鸠而惨色，三月则鸣。陶岳《零陵记》云：其音云'不如归去'，即此。"

归去乐　《南宁州府志》。

催归　《本草纲目》，见杜鹃。

　　　《全唐诗话》："'唤起窗全曙，催归日未西。无心花里鸟，更与尽情啼。'乃二禽鸣也。唤起，声如络纬，圆转清亮，偏鸣于春晓，江南谓之'春唤'。催归，子规也。"

催耕鸟　《贵州府志》。

阳雀　《本草纲目》，见杜鹃。

谢豹　《闽中记》："子规自呼为谢豹。"

　　　《老学庵笔记》："吴人谓杜宇为谢豹。杜宇初啼时，渔人得虾曰谢豹虾，市中买笋曰谢豹笋。唐顾况《送张卫尉诗》云：'绿树村中谢豹啼。'"

　　　和汉《三才图会》："有谢豹虫以羞见之，则以足覆面如羞状。是虫闻杜鹃声则死，故杜鹃亦称谢豹，转借以为名矣。"

鸡鹁　《博雅》，见子鴗。

　　　　《广雅》："子寯也，一作雖雒。"

　　　　按：鸡音买，鹁音诡。《玉篇》以为布谷。

买鹁　颜师古《汉书》注："鹎鷝鸟一名雖雒，一名子规，一名杜鹃。"

鸡鹁　《广雅》，见鸡鹁。

鹌　《广韵》："古洽切，杜鹃也。"

搔羊　《八闽通志》。

渊明鬼　《清异录》。

观自在　同前。

寒火虫　《贵州府志》《训蒙字会》。

白脸鸡　《廉州府志》。

春魂鸟　同前。

海南鸟　《南宁州府志》。

峨马杜鹃

6 杜鹃何鸟

这样在中国文学上极有地位、而名称繁复到有 42 个的杜鹃鸟，羽色，正和它的鸣声相同，有凄凉哀怨的情调；并不华丽美艳，却是"状如雀鹞而色惨黑，赤口"（《本草纲目》）那样一种极为暗淡的鸟类。详言之：体大于伯劳，而小于鸦。雄鸟头上灰黑，眼睑黄色；嘴的尖端，微微下弯，色黑，基部渐淡，略带黄色，下嘴尤为明显；口中鲜红色。背部苍黑；拨风羽黑，内侧有白斑。喉部苍灰；胸部上半微苍，下半及腹部地色白，有多数横条纹。尾羽在中央的最长，左右逐渐减短，地色黑，有白色横纹，对于羽轴为互生的排列；此种横纹，极似鹰斑，唯鹰斑对于羽轴的排列是对生的；横纹在中央尾羽者最细，左右则稍大。脚黄色，4 趾，2 前向而 2 后向。

雌鸟头上有淡褐斑；眼睑微黄。背部略近褐黑，拨风羽外侧有褐色小斑点。喉部色较淡，有细微黄褐色横纹；此纹延及胸腹部，逐渐加阔。脚淡黄，稍带泥色。其余同雄鸟。

雏鸟初孵化时，背面苍黑，脊椎部中心，微微凹下。腹部地色淡褐黑，而现微红。臀部较他鸟为大。嘴根鼻孔缘甚高。孵化后经过五六日，尚不开眼；约 10 日，始现细缝。口腔黄色，中央部绯红。渐渐成长，始生针羽；针尖白色，不久开展为褐灰带苍而边缘白色的羽毛，雌体每每褐色稍多。尾羽殆和成鸟不生差别。自喉部至腹部，有黑横斑，较成鸟阔而色浓。10 月中雏毛脱去，颈部和背部的白缘羽毛渐渐消失，至翌年三四月中而换尽。是时雄鸟喉部和胸部上半的羽毛，已将幼小时代的横斑除去，而纯为淡苍色了。至第2年春，嘴才弯曲。

飞翔速率，和鸭相似，能如鹰那样回翔。除繁殖期雌鸟有时静止于低下的树枝间外，常栖息山间深林中；出没于疏枝茂叶之间，色泽既阴暗不易惹目，性又狡黠懦怯，见人即逸，故甚难目见。

鸤鸠

1 催耕之鸟

杜鹃来时，正是麦黄椹熟、稻田下种的晨光。同时，鸤鸠也来在田野间鸣叫了。它那"ka ko, ka ko"的声音，好似在对农夫们叮咛地说"布谷呀！布谷呀！"所以《尔雅》的"鸤鸠鹊鵴"，郭璞注云："今之布谷也，江东呼为获谷。"又张华云："农事方起，此鸟飞鸣于桑间，若云五谷可布种也，故曰布谷。"《汉书·扬雄传》注云："布谷，一名买鎒；盖闻其声，则农买鎒插以布谷也。又其声曰'家家撒谷'，因其声之相似也。"杜甫诗云："布谷处处催春种。"蔡襄《稼村诗帖》："布谷声中雨满犁，催耕不独野人知。荷锄莫道春耘早，正是披蓑叱犊时。"陆游《嘲布谷》诗云："时令过清明，朝朝布谷鸣。但令春促驾，那为国催耕。红紫花枝尽，青黄麦穗成。从今可无语，倾耳舜弦声。"但鸤鸠何尝真是有意来催耕呢？陈造说得好："人以布谷为催耕，其声曰'脱了泼裤'。淮农传其言云：'郭嫂打婆。'浙人解云：'一百八个。'鸟何与人事，人以意测之耳。"

鸤鸠的名称，因声音之转变，时地之各异，雅俗之不同，除上述几个外，还有许多；现在一并列下，并志明它最初的出处，而且略加说明：

鸤鸠 《诗经·曹风》："鸤鸠在桑，其子七兮。"

尸鸠 《说文》："秸鵴（jú）尸鸠。"

《山海经》："南山鸟多尸鸠。""敦薨之山，其鸟多尸鸠。"

鸣鸠 《礼记·月令》："鸣鸠拂其羽。"

《本草纲目》："或云鸤鸠即《月令》鸣鸠也；鸣乃鸤字之讹。"

桑鸠 陆玑《诗疏》："一名桑鸠。"

郝懿行《尔雅义疏》："桑鸠鸤鸠，亦声相近。"

鹄鵴 《尔雅》，见前文。

陆玑《诗疏》："今梁宋之间，谓布谷为鹄鵴。"

秸鵴 《说文》，见尸鸠。

秸鞠 《诗经》毛传："鸤鸠，秸鞠也。"

结诰 《方言》："布谷自关东西、梁、楚之间，谓之结诰。"

《尔雅义疏》："结诰，即秸鞠声之转也。"

布谷 散见前文。

布𪆂 《集韵》《广韵》："布谷鸟，本作谷，俗加鸟。"

搏谷 《礼记·月令》："仲春鹰化为鸠。"郑注："鸠搏谷也。"

获谷 《方言》："江东呼为获谷。"

击谷 《方言》："周魏之间，谓之击谷。"

《尔雅义疏》："鹄鵴，击谷声相转。"

拨谷 《本草纲目》："北人名拨谷。"

《尔雅翼》。

《埤雅》。

郭公 《本草纲目》。

《尔雅翼》。

《埤雅》。

买铫 见前文。

按：此名与杜鹃之别名鸡鹑者同音：大概因其形态类似，故而互相混称。

鹠鹟（lán lóu） 《玉篇》："鹠鹟，今之郭公。"

鹠缕 按：鹦同鹟。

割麦插禾《本草纲目》："布谷名多，皆各因其声似而呼之。如俗呼'阿公阿婆'、'割麦插禾'、'脱却破裤'之类，皆因其鸣时可为农候故耳。"

阿公阿婆 《本草纲目》，见割麦插禾。

脱却破裤 同前。

脱了泼裤 见前文。

郭嫂打婆 同前。

一百八个 同前。

鸤鸠的名称，大略已尽于此，共得 24 个，多数是拟似它的鸣声的。这极为奇怪，世界各国，所与名称，亦复类似，与我国的郭公一名，声音相近。例如拉丁语为 Cuculus，英语为 cuckoo，法语为 coucou，德语为 kuckuk，荷兰语为 koekkook 等是。

至于《尔雅义疏》云："又谓勃姑，又谓步姑。按今扬州人谓之卜姑，东齐及德沧之间，谓之保姑。"这似乎有错误，盖现在浙江名斑鸠为鹁鸠，与这些名称，声音相近；想别处也必同样。《埤雅》以搏黍为鸤鸠，亦非；盖搏黍为黄鸟的别名，已详黄鸟文中。更有或以为䳭鹆，或以为击正，都已经人辨正。还有扬雄《方言》，以鸤鸠为戴胜，兹不赘述。

关于鸤鸠的俗名，我国文人好拟之为禽言诗，有几首倒是很有意思的：

布谷布谷，新陈不相续；富家笑，贫家哭。

（袁汝璧）

家家布谷，春不布谷秋不熟，农夫哭。

（朱一是）

割麦插禾，泥深没驼。新妇饷饭投取螺，妇家煮糜奉阿婆。

（邵长蘅）

割麦插禾，东田水涸，西田水多，天雨不匀将奈何？

（江权）

　脱却布裤，布裤典钱三百数；夫要米，妇要布；催租人入门，索去裤钱两无语。

（宋棠）

在这一类诗中，流露着无数农民的痛苦。"索去裤钱两无语"那样的话，你看描写得何等深刻；寥寥七字，可以使我们想象到，眼前仿佛有一对可怜的贫困、辛勤、诚笃、失望、无救的农夫，痴痴地、寂然地正在那里凝思！

2　奇异的育雏

　　杜鹃鸟类，西半球所产的，能作粗拙的巢，自己孵卵育雏。东半球所产，概不作巢。此事我国古时已经知道，故说杜鹃"不能为巢，居他巢生子"，"生子百鸟巢，百鸟不敢嗔，仍为饲其子。"说鸤鸠"不能为巢，多居树穴及空鹊巢中哺子。"（《本草纲目》）在希腊，也是亚里士多德以前已经知道。现据日人川口孙治郎氏的研究，则杜鹃也有自己孵卵育雏的事实；这是特殊的例外，详细情形，尚不可知；他日研究进步，能将其现象证实，自系一种有趣的新发见。至于寄育现象——即产卵于其他鸟巢中，而由他鸟为之孵卵育雏——则川口孙治郎氏对于杜鹃，仁部富之助氏对于鸤鸠，都有详细的研究。杜鹃以产卵于莺巢中为主（这里所说的莺是前文说过的日本特产的小鸟，并不是产于我国的比较大形的黄鸟）。鸤鸠产卵于鸥、赤鹎、鹡鸰、剖苇、赤鸪、黄道眉、竹林鸟等巢中。杜鹃鸟卵，常模拟莺卵，故为茶褐色。鸤鸠卵则以寄居鸟巢的不同，而异其色彩。

　　1902 年，德雷斯（Dresser）氏于其《旧北地区鸟类》一书中，对于鸤鸠曾说：

　　　　卵或许先产在地上，然后雌鸟衔于口中，放入它所选定的预备为雏鸟作义亲的巢中。

杜鹃与鸤鸠，其体色及飞翔状态，实为鸟类拟态现象的一个适例；它完全模仿着猛鸷的鹰类；《列子》云："鹞之为鹯，鹯之为布谷，布谷久复为鹞。"《禽经》注云："仲春鹰化为鸠，仲秋鸠复化为鹰。"即系不知其移徙现象及真实形态，而引起的误解。然而于此，正可见其拟态程度的高妙。正在孵卵的莺等小鸟，见它飞来，误认为袭击的鹰鹞，于是仓皇飞去，鸤鸠乃得从容置卵于其巢中。但逸去的小鸟，终惦念着自己的卵，不久回巢探视，见敌害已去，而巢与卵均完好无恙；惊喜之余，也不遑辨别卵数，就重新安然孵伏。

鸤鸠卵的孵化日数，每较其义亲的卵，为日稍短；故在巢中，必定最先成雏。此鸤鸠的雏，以其本能作用，能将同巢的卵，尽弃于巢外，而独自占着义亲的哺育。大概鸤鸠的义亲，都是较鸤鸠体形为小的种类，故为鸤鸠雏鸟得到充足的养分起见，如此独占一巢，甚为必要。鸤鸠雏的排弃同巢鸟卵的动作，甚为有趣：它先静止于巢的一隅，于是突然直立其体，广张两脚，颈部下抵巢底，翼自左右回向脊上，把卵置于两翼和脊的中间；再猛抬其体，掀卵至巢的边缘；更以臀部镇定于巢缘，反击其体，数回反复，卵遂撞落于巢外。至此稍事休息，再搬第二个卵，到搬尽而止。它如此残忍的排挤其同巢的义兄弟，可怜它的义亲始终不曾觉察，还是辛勤来往，专心哺育这爱子的仇敌，直到它能飞翔觅食。

古少皞氏以鸟纪官，云："凤鸟氏，历正也。玄鸟氏，司分者也。伯赵氏，司至者也。青鸟氏，司启者也。丹鸟氏，司闭者也。祝鸠氏，司徒也。雎鸠氏，司马也。鸤鸠氏，司空也。爽鸠氏，司寇也。鹘鸠氏，司事也。五鸠，鸠民者也。"注云："鸤鸠平均，故为司空。"（《左传·昭公十七年》）所谓平均，指其养子"朝从上下，暮从下上，均平如一"。（《毛诗传》）然而我们现在既已明白，鸤鸠的雏鸟，是由别种鸟类代它孵育长大的；所谓平均云云，当然是观察不精确，把他鸟的现象，附会到它身上的缘故了。

3 毛虫的仇敌

　　鹃鸠在每一个小鸟巢中，只产一颗卵；而一羽雌鹃鸠，每年于繁殖期中，约隔三四日产卵一颗，计共产 20 颗左右；每一颗卵，必牺牲其他小鸟四五羽，如是共计有百羽左右，此种小鸟，如莺、鹏、鹟鸰等，都是益鸟，故单从这一方面看来，似乎杜鹃类都是害鸟。但就其食饵的习性上观察，则功罪可以相当，宜认之为益鸟而加以保护。解剖其胃，可见黏膜上常有无数刺毛，即是啄食毛虫的痕迹。此种毛虫，为他种鸟类所不喜食，或不敢食，所以益处特大。在中国，杜鹃类所食何种虫类，尚未经人研究。在日本，则食松蛄蟖等毛虫。"解剖一羽的胃，有时可见 300 条毛虫。"又旁及蝉、蜘蛛、螽斯等物。在西洋，对于鹃鸠，曾有这样的记录：

　　Count Casimir Wodgicki 云：郭公为极有益于林业之鸟，彼食一种松林之害虫，曰 Bombyx pini（此虫与欧洲大陆之松林以巨害），郭公不仅食此虫之卵，而且食其幼虫，因其胃能消化 Bombyx pini 幼虫之强毛也。余犹记 1847 年，Darsin 地方 Pomeranian 村之松林，将为此害虫破灭，得大多数之郭公经过而被救，共二星期而奏巨功。次年，此林即无虫害。此事曾经科学家计算矣：一鸟每 5 分钟吞食一虫，一日 24 小时，一鸟所吞之数为 168，百鸟为 16800 矣。若害虫之半为雌，每日一头产

500卵，百鸟防止害虫产卵之数，为4200000矣，不亦足惊乎？
（辛树帜《中国鸟类目录》，《科学》Vol.X，p.755）

观此，可知杜鹃、鸤鸠，对于农林业上的利益，是如何巨大。只有一桩弊害，就是杜鹃喜食柞蚕，为行柞蚕天然饲养法时一个大障碍。防御之法，要视此后研究的努力了。

鸠

1 纷杂之鸠名

　　照现在普通的见解，似乎鸠是怎样一种鸟类，极易认识，虽然在科学上研究起来，种类是非常的多；我国所产，最近调查所得，已有40余种。但这些都是同类，其形性究属有类似的地方，极易分辨。我们假如丢开这个方向，从旧记载中去找寻材料，那么鸠字的含义，发生十分混淆乱杂的现象。他有各种的名称，他有各种的意义；有许多截然不同的鸟类，都被包括在这个鸠的名称之中。至少有下列7种鸟类，都是以鸠为名：祝鸠、鹍鸠、鸤鸠、鹈鸠、鹘鸠、鹠鸠、鸧鸠就是。其中鹍鸠和鹈鸠属鸷鹰类，鸧鸠属燕雀类，鸤鸠属杜鹃类；鹠鸠和鹘鸠究属何种鸟类，尚待考查。其为之普通鸠者，不过祝鸠一种而已。

　　鸤鸠和鸧鸠，本书已另有专文评论。祝鸠当然是这里所要细述的；不过还是将其余4种，先交代清楚，倒似乎易于着笔。

2 鸮鸠和鹚鸠

　　尽人皆知的古诗人所咏："关关雎鸠，在河之洲。窈窕淑女，君子好逑。"就指这一种鸟类。形性若何，试读《尔雅》："鸮鸠，王鸮。"郭璞注："雕类，今江东呼之为鹗，好在江渚山边食鱼。《毛诗传》曰：'鸟鸷而有别'。"郝懿行详细地解释云："《说文》：'鸮，王鸮也。'《左传》：'鸮鸠氏，司马也。'杜预注：'王鸮也，鸷而有别，故为司马，主法制。'疏引李巡云：'王鸮，一名鸮鸠。'《诗疏》引陆玑疏云：'鸮鸠大小为鸮，深目，目上骨露。幽州人谓之鹫。'而扬雄、许慎皆曰：'白露似鹰，尾上白。'按《尔雅》：'鹭（yáng）白鹭（jué），'与王鸮为二物，扬、许欲合为一非矣。能扇波使鱼出食之，故《淮南·说林篇》谓之沸波。郭云：'雕类，江东呼鹗。'《说文》：'鷻（tuán），雕也；鳷（è），鸷鸟也。'鳷与鹗同。《史记正义》云：'王鸮，金口鹗也。'《毛传》：'鸷而有别。'此引作鸷，而亦音至，《释文》得之。"现在以 Pandion haliaetus haliaetus（Linnaeus）为鹗，是一种凶猛的禽类，所谓鸷鸟就是。唐代杨弘真写一《鹗赋》，文情雄伟，颇得其神，你看：

　　禽之鸷者，鹗兮挺生；不翻翻以群萃，自耿介以孤贞。羽族之中，虽彼众而我寡；云路之上，如特立而独行。固将杀敌无匹，击鲜莫京，岂惟拂之于平野，玩之于太清哉！卓彼雄姿，凛乎壮观，或危石以砺吻，或高柯而整翰。搏鸠之隼，不能飞扬；逐燕之鹯（zhān），望而伏窜。及夫当杀节，乘劲秋；双眸电掣，六翮云浮。仰之弥高，方一举而千里；翔而后集，耻乘居而匹游。既而变金风，惊商律，不类聚以颉颃，自孤飞而厉疾。介然直下，固不可以同群；邈矣独翔，谅有殊于丧匹。摩碧落而上腾，与紫气而相凌。自乐其绝侣，无求于得朋。鹰扬者迎之而不逮，雕（diāo）悍者攀之而不能。莽苍天高，悠扬日厉；自暇自逸，倏来倏去。何刚者而不惧，何勍者而不制。风毛雨血，在嫉恶而不遗；草伏木栖，成畏威而若厉。明心不测，利用则殊；以少为贵，匪繁有徒。想象乎八弦之间，视远如迩；隐映乎九霄之际，出有入无。谅搏击而不竞，岂蒐狩而弗图。是知禽之凡者，虽累百而何补？士之杰者，将无双而必取。亦犹务利嘴，刷迅羽，虽多亦奚以为，固非一鹗之为伍。

《禽经》云："王雎，鸥鸠，鱼鹰也。"据说鱼鹰这个名称，是江表人所用的。到李时珍，称之为食鱼鹰，意义仍是相同。现据祁天锡等记录，北方俗名鱼鹰，南方俗名鱼江鸟；与英名所谓 Fish Hawk 意义正相同。分布区域极广，遍布欧非亚三洲。

一说，鸥鸠水鸟，一名王雎，状类凫鹥，今江淮间有之；一说，尝见江淮人说淮上有之，状如鸠，差小而长（《朱子语录》）。据此，则鸥鸠为属于游禽或涉禽的鸟类。作者常以为按照"关关雎鸠"的诗意，那么，这两说似乎较为近理；盖凶猛的鹗，究不如小型的凫类或涉禽，容易引人兴起诗感。若说它是涉禽，那么还可武断地说一句，一定是属于鹬类的。

　　鹩鸠为鹰之别名，亦作"鸫（lái）鸠"，乃字之讹。但鹩与鸫，何为本字，已难详考；抑各为一字，是各不相同的两种鸟类，也未尝不可说。此处暂且不论，待关于鹰的文字中再来详述。

3 鹡鸠和鹨鸠

鹡鸠是怎样一种鸟类，一时还不能确说：只好引述一些旧记载于此，以备他日的推求。《尔雅》云："鹏鸠，鹡鸼。"郭璞注："似山鹊而小，短尾，青黑色，多声。今江东亦呼为鹡鸼。"郝懿行释之云："《说文》：'鹏，鹏鸠也；鸼，鹡鸼也。'《诗·氓》传云：'鸠，鹡鸠也。'是鹏鸠即名鸠，以其多声，又名鸣鸠。《诗·小宛传》：'鸣鸠，鹡鹏。'鹏、鸼，古字通，亦犹周、鹏古通用也。又名滑鸠，《庄子·逍遥游》云鸒鸠，《释文》引崔谭云：'鸒，读为滑。'滑鸠，一名滑雕，即《毛传》所谓'鹡鹏'也。又名鹡嘲，《礼记》疏引郭云：'鹏音九物反，鸼音嘲，后世即谓之鹡嘲。'所引盖郭音义之文。今验其声，正作鹡嘲。鹡嘲声转，又为钩转格磔也。《左·昭十七年》疏引舍人曰：'鹏鸠一名鹡鸠，今之斑鸠也'。樊光曰：'《春秋》云：鹡鸠氏司事，春来冬去。'孙炎曰：'鹡鸠，一名鸣鸠。'《月令》云：'鸣鸠拂其羽。'《尔雅》释文引《毛诗草木疏》云：'斑鸠也，杜阳人谓之斑佳（zhuī），似鹑鸠而大，项有绣文斑然，故曰斑鸠。'高诱《吕览·季春纪》注亦云：'鸣鸠，斑鸠也。'《广雅》谓之鶶（pén）鸠，鶶与斑同也。喜以春鸣，故《东京赋》云：'鹡鹏春鸣。'其背青黑，故今呼之青肩。其膺紫斑，故谓之斑鸠矣。《方言》以雏（zhuī）大者谓之鸼鸠，鸼与斑虽同音，非同物也。"郝氏犹能指认此鸟而验其声，我们却对于它是一无所知了。

鶌鸠旧视为雀类，而又与以寇雉之名，则又似乎是雉类的鸟。郭璞《尔雅》注云："鶌大如鸽，似雌雉，鼠脚，无后指，歧尾。为鸟憨急群飞，出北方沙漠地。"郝懿行详释之："《说文》：鶌，鸠也，不言寇雉。郭以与下寇雉、洗洗同物。《玉篇》一名'冠雉'，盖字形之误。《旧唐书》谓之突厥（音骨）雀，云：'鸣鶌群飞入塞，突厥必入寇。'《一切经音义》十九引《尔雅》注云：'今鶌大如鸽。亦言如鹑，似雌雉，鼠脚，无后指，歧尾，为鸟憨急群飞，出于北方沙漠地也。肉美。俗名突厥雀，生蒿莱之间。'以校今注，多十余字，或郭音义之文也。今此鸟浅黄色，文如雌雉，形似鶌鸠，故兼鸠雉之名。其肉又美，故《南都赋》以'归雁鸣鶌'并标珍味。盖云翔为余言曾见之，形状悉如郭说，今莱阳人名沙鸡也。余按谓之寇者，《方言》云：'凡物盛多谓之寇。'郭注以寇戾为释，然则寇雉之名，亦当因此。"如是云云，定然是雉科的鸟类，只是尚不能确知其为何种耳。

4 祝鸠

　　《尔雅》云："隹其，鸠鸼（fǒu），"郭注："今鹁鸠。"就是祝鸠。仍引郝懿行的详细《义疏》于此，再行探讨："《说文》：'雐，祝鸠也。'《左氏·昭十七年》传：'祝鸠氏，司徒也。'杜预注：'祝鸠，鷦鸠也。鷦鸠孝故为司徒，主教民。'按，鷦即雐字形讹，陆德明音鷦为焦，非也。祝鸠雐，其声相转，雐借作隹，《释文》反以隹旁加鸟为非，失之矣。鸠鸼当作'夫不'，《诗·四牡》传：'雐，夫不也。'笺云：'夫不，鸟之愨谨者，人皆爱之。'《南有嘉鱼传》：'雐，壹宿之鸟也。'笺云：'壹宿者，壹意于其所宿之木也。'《左传》疏引樊光曰：'《春秋》云："祝鸠氏，司徒。"祝鸠，即隹其、夫不；孝故为司徒。'《诗》疏引舍人曰：'雐，名其夫不。'（《左传》疏引无'其'字）李巡曰：'夫不一名雐，今楚鸠也。'又引郭曰：'今鹁鸠也。'《尔雅》注作鹁鸠，鹁即'夫不'之合声也。鹁鸠声转为鹁鸠，又转为鸼鸠，以其栖有定所，故南方有'鹁鸪定'之语；以其巢不完而卵易坠，故北方有'鸼鸠坠卵'之谚。《方言》云：'鸠自关而东谓之鸤鹎（音郎皋），其鹪鸠谓之鹭鹎，自关而西谓之鹪鸠，其大者谓之鸼（音班）鸠，其小者谓之鹪鸠（今荆鸠也），或谓之鹪鸠，或谓之鹑鸠，或谓之鹊鸠，梁、宋之间谓之鹤。'然则《方言》'鸼鸠'以下，皆即《尔雅》之'雐，夫不其；鹊鸠乃鹍鸠，'与雐非一物，《方言》盖误。唯《广雅》以鸤鹎为鸠总名；

以鹘鸼为鹘鸠，鹘即斑也；以鹧鸠以下为鹁鸠，即夫不也；分为三类，足正《方言》之失矣。陆玑《诗义疏》云：'雏，今小鸠也。一名鹁鸠，幽州人或谓之鹪鹩，梁、宋之间谓之隹，扬州人亦然。'又云：'鹁鸠灰色无绣项，阴则屏逐其匹，晴则呼之，语曰："天将雨，鸠逐妇是也。"'陆疏所说，得其形状。李巡谓之楚鸠，郭氏谓之荆鸠，皆即今鹁鸠也。《水经·济水注》引《广志》云：'楚鸠，一名嗥啁。'《高唐赋》云：'正冥楚鸠。'楚，犹荆耳。隹其，叠韵，夫不，双声也。"

综合郝氏所述，关于鸠，共有 19 个名称，即隹其、鸪鸻、夫不、鹧鸠、祝鸠、雏、隹、鹪鸠、楚鸠、鹁鸠、鹘鸠、鹘鸼、水鹘鸼、鸬鹚、鹘鸠、鹭鹚、鹁鸠、鹁鸠、荆鸠是也。其中，当然是不止一种鸟类，不过，究属何种名称，指何种鸟类；每种名称，所指共有几种鸟类，则完全不能确说；因为旧记载是太过错综纷杂，不能捉摸。

现在调查所得，我国的鸠鸽科（Columbidae）鸟类，（属鸠鹬目 Charadriiformes 鸠鸽亚目 Columbae.）共 18 种并 8 亚种。有普通的雉鸠和斑鸠，有美丽的红鸠和绿鸠。分布区域，或遍及南北东西各地，或仅限于一隅，也确是纷杂无绪。古人尚无分类知识，又未十分注意其类别，只是随时随地，随便命名或记录，也无怪文字中多模糊矛盾之处，致令人难于探索。

5 雉鸠与斑鸠

现在通俗的出版物，都以 Streptopelia orientalis orientalis（Latham），名为雉鸠；雉鸠之称，不知有何根据。这种鸠类，分布很广，不但我国随处可见，西伯利亚，日本以及印度，也有产出。头，颈和胸为葡萄鼠色，而颈侧有黑色和灰青色所成的鳞状斑纹。肩和覆雨羽的大部分，茶赤和黑相混而呈鳞状。腰部灰黑。翼的拨风羽和尾羽黑褐，而尾羽的末端乃是灰白。胸以下的下面淡茶赤色，至腹部更加淡些。嘴褐，脚红色。

同属 S.decaocta decaocta（Frivalszky），现名斑鸠。分布区域，自土耳其，小亚细亚经西伯利亚，我国，到朝鲜和日本。云南产一亚种，名 S.d.xanthocyclus（Neumann）。斑鸠的形体，较雉鸠略小。头颈和下面，一体灰白色而略带红味，背面直至尾部都是灰褐色。拨风羽黑褐色，而外侧尾羽的基部黑，末端白。后颈有广阔的黑底白点颈轮。《尔雅翼》云："隹鸠……似斑鸠而臆无绣彩。"斑鸠之名，未见其他记载；寻绎文义，是一种臆有绣彩的鸠类，想定然是指这一种。后李时珍以为"斑也锦也"均指其色，可说几种鸠的总名，并不专指一种。又云："项下斑如真珠者，声大能鸣，可以作媒引鸠，入药尤良。"则是真正在指这一种我们所谓的斑鸠而说。又斑鸠本为鹁鸠别名，已详前文。但后世文人，则往往用以和斑鸠混称，所以晋傅成有《斑鸠赋》，明钱逊有《斑鸠》诗，实际是在咏斑鸠：

余庭楸蔚然成林，闲居无为，有时游之，顾见斑鸠，音声可悦，于是捕而畜之。既以驯扰，出之于笼。无何失去，后时时一来飞翔，殆如有恋，聊为之赋：集茂树之荫蔚，登弱枝以容与。体郁郁以敷文，音邕邕而有序。情钦乐而是悦，遂笼之于前宇。尔乃饮以神泉，食之稻粱。朝息椒涂，夕宿兰房。时连翩于庭柯，见飞燕之颉颃。慨感物而哀鸣，声楚切以怀伤。仰华林而矫翼，纷翻逝而高翔。

斗草归来女伴寻，游丝飞絮恼春心。紫鸠声歇炉烟冷，门掩梨花暮雨深。

斑鸠现在已成为广布世界的笼鸟。在傅咸的赋序中我们可以见到当时已有饲养的风习。至于云"音声可悦"，则又与李时珍之说相符。

雉 鸠

6 不噎之鸟

古人关于鸠类习性的记述，有些是极富兴味的。第一，他们以为鸠是不噎之鸟。《后汉书·礼仪志》云："仲秋之月，县道皆案户比民，年始七十者，授之以玉杖，哺之糜粥。八十、九十礼有加，赐玉杖长尺，端以鸠鸟为饰。鸠者，不噎之鸟也，欲老人不噎。"《周礼》也有"献鸠以养国老"之语，但未曾说明根据何种理由。原来，鸠是绝对素食的鸟类，即在繁殖期中，哺育雏鸟，也用谷粒。但稚嫩的幼鸟，如何能消化此种坚硬的东西？它们于是有一种补救的方法：就是母鸟将食物先自咽下，使其在嗉囊中成为半消化状的乳糜，重复吐出，哺与雏鸟。不知古人是否就是观察到此种现象，乃说它是"不噎之鸟"。此种杖的形式，据《避暑录话》云："余亲戚有为光州守，得古铜鸠一，大半掌许，俯首敛翼，具尾足，若蹲状；腹虚，其中有圈穿腹正可受杖，制作甚工。以遗余，疑即汉之鸠杖之饰，因以为杖，良是。首轻而尾重，举之则探前偃后，盖如此乃可以取力，此所以佐老人也。"

又据《风俗通》云："汉高帝与项籍战京索间，兵败，伏丛薄中，有鸠鸣其上，追者不疑，得免。即位，作鸠杖赐老人。"这也可备鸠杖起源的一说。关于汉高祖这个故事，有些地方，又是另一种说法："厄井，在开封府氾水县东南七十里。《风俗通》云：'汉高祖与项羽战，败于京索，遁入此井。有鸠止鸣其上，追者以为无人，

遂得脱。'"（《河南通志》）"荥阳枝渚津原上有厄井，父老云：汉高祖曾避项羽于此井也，为双鸠所救。汉庙每正旦辄放双鸠，或起于此。"（《珍珠船》）这不同点，在所匿之处，一为丛薄，一为厄井。而《珍珠船》作者所推测之辞，亦未寻得根源；盖正旦放鸠的习惯，汉代以前，早已有了。试读《列子·说符篇》，不是说："邯郸之民以正月之旦献鸠于简子，简子大悦，厚赏之。客问其故。简子曰：'正旦放生，示有恩也。'客曰：'民知君之欲放之，故竞而捕之，死者众矣。君如欲生之，不若禁民勿捕。捕而放之，恩过不相补矣。'"

《高僧传》有关于乌鸦的一个故事，云："齐太尉司马殷齐之，随陈显达镇江州，辞别宝志，志画绢作一树，树上有乌，语云：'急时可登此。'后显达逆节，留齐之镇州。及败，齐之逃入庐山，追骑将及，齐之见林中有一树，树北有乌，乃志所画，悟而登之，乌竟不飞。追者见乌，谓无人而返。卒以见免。"此与汉高祖因鸠免祸的故事，有影射沿袭之迹。

小嘴乌鸦

·145·

7 唤雨和逐妇

鸠类所作的巢，不甚精致，用柴粗粗搭合，仅作盆盏之状；所谓："物之拙者，不能为巢，才架数枝，往往破卵。"（《尔雅翼》）现在民间有个故事，说它自恃聪明，不肯仔细学习作巢的方法，刚见一个搭巢的基础，就自以为完全明白，不若鹊那样能够自始至终，专心专意地学习，造成完善完美的巢；所以它永远是这样拙笨。志公《斑鸠偈》云："人道斑鸠拙，我道斑鸠巧。一根两根柴，便是家缘了。"这样的诡辩派式的解释，也觉新颖可喜。

因为鸠造巢拙笨，古人认为巢的容积很小，一对的鸠，很难并栖；遇到天雨，雄鸠就要逐去其妇，以便安居；待天晴时，再呼之归还。《尔雅翼》云："天将雨则逐其雌，霁则呼而反之。今人辨其声，以为无屋住。"《田家杂占》云："鸦浴风，鹊浴雨，八八儿洗浴断风雨。鸠鸣有还声者谓之呼妇，主晴；无还声者谓之逐妇，主雨。"这两个逐妇唤雨的字眼，在诗歌中，颇为习见：

村北村南雨暗，舍东舍西水生；去妇复还何日？烟蓑处处春耕。

（方岳《鹁鸠》）

云阴解尽却残晖，屋上鸣鸠唤妇归。不见池塘烟雨里，鸳鸯相并浴红衣。

（谢迈《鸣鸠》）

双鹁鸠，毛斑斑。阴雨逐妇去，晴天呼妇还。嗟哉尔妇良不易，爱憎只在须叟间。

（李昱《嘲鸠》）

百叶红梅子未成，锦鸠枝上忽双鸣。春寒不用频呼雨，窗外东风雪始晴。

（阮孝思《梅花锦鸠》）

鸠性爱雨花爱晴，同倚春风不同情。春光二月浓于酒，双鸠醉寐不复鸣。双鸠不鸣花不语，无令鸠醒叫天雨。

（张邦奇《题画》）

一枝新雨带啼鸠，唤起春寒枝上头。说与朝来啼太苦，洗妆才了不禁愁。

（张以宁《梨花锦鸠》）

日暖风喧泪竹斑，鸣鸠拂羽树枝间。眼中正是春光好，呼雨呼晴莫等闲。

（胡俨《题鸣鸠拂羽图》）

鹁鸪鸪，弥旬霖缭积道涂。十室八九烟火无，室中男妇啼呜呜。

（车林《鸟言》）

逐妇和唤雨，大概是民间的传说，到宋代才经文人记载。现在我乡犹以天将雨，则鸠鸣短促，其声好似"水鹁鸪——鸪。"将晴，鸣声悠长，宛若"晒——晒我窠——"和《田家杂占》所云有还声或没有还声相符合。

现在既然引论关于鸠的诗歌，潘文虎有一首寓言词，虽然无关本节文义，因为他是用鹁鸪鸪的拟声，写一段绝端凄凉的情节，却是很值得我们一读的："鹁鸪鸪，鹁鸪鸪，怅望遍野常前呼。阿姐含羞对阿妹，大嫂挥涕看小姑。一家不幸俱被虏，犹幸同处为妻孥。愿言相爱莫相妒，这个不是亲丈夫。"

8 白鸠青鵻和红鸠

　　白鸠不是鸠的一个特殊种类，也是羽毛白化所致，从来被认为是祥瑞之物。孙氏《瑞应图》所谓："白鸠成汤时来，王者养耆老，尊道德，不以新失旧则至。"（一本云"成王时来至"）出现的记载，也和燕、鹊、乌等同样，以魏晋南北朝时代为最多。曹植和张华，有关于白鸠的诗；何承天、沈演之有《白鸠颂》，但多是歌功颂德、表瑞示祥的无聊文墨，一无文学价值，不一一征引了。

　　掌禹锡云："黄褐候，青鵻也。"陈藏器云："黄褐候，状如鸠而绿褐色，声如小儿吹竽。"又李时珍云："鸠有白鸠、绿鸠，今夏月出一种穅鸠，微带红色，小而成群。掌禹锡所谓'黄褐候秋化斑雏'，恐即此也。好食桑椹及半夏苗，有人食之过多患喉痹，医用生姜解之愈。"这里，照李时珍的意思，黄褐候、青鵻和穅鸠，是一种鸟类所转化，而绿鸠，则又是独立的一种。其实，黄褐候、青鵻和绿鸠，果然是一物的三名。而李氏所见的穅鸠，既知其形小，定是另一种鸟类。大概就是红鸠。

　　红鸠和斑鸠同属，学名 S.tranquebarica humilis（Temm.）现在我国北方的俗名，称它为火斑鸠。背和胸葡萄红色，头上和腰呈灰色。腮白腹部灰白而下尾筒白。后颈有黑色的颈轮。翼的拨风羽黑，有极狭的淡色边缘。尾羽中央的二枚灰褐，其他暗灰，末端有广阔的灰色带。嘴黑，脚紫赤。雌鸟没有雄鸟那样美丽，一体茶褐，胸为淡紫的灰色。颈轮的前缘有灰白色缘。其分布区域为亚洲东部，从西伯利亚南部直至我国全境并缅甸，北印度，菲律宾群岛和安大曼岛。

绿鸠有好几种，所谓黄褐候，大概是指深绿鸠 Sphenurus sieboldii sororius（Swinboe）或日本绿鸠 S.s.sieboldii（Temminck）。徐照有一首《青鸠词》，总算是关于此鸟较早的记载，然而形态是未被提及的。词云："劳劳复劳劳，生人半行客。今人行古道，古道有行役。相逢莫等闲，相离易疏隔。殷勤红杏花，彻宵对芳席。明年花开入东西，青鸠食花旧处啼。"

吕宋鸡鸠

哀鸠

鸥

1 名称形态种类

《说文》："鸥，水鸮也。"《仓颉解诂》："鹥，鸥也。"《诗经》："凫鹥在泾。"注云："鹥，凫属，苍黑色。凫好没，鹥好浮，故鹥一名沤。今字从鸟，后人加之也。"《禽经》："鸥，信鸟也。"张华注云："鸥如仓庚而小，群鸣嗜嗜，随潮往来，迎浪蔽日，谓之信鸥。"《本草纲目》："鸥者浮水上，轻漾如沤也；鹥者，鸣声也；鸮者，形似也。在海者名海鸥，在江者名江鸥，江夏人讹为江鹅也。海中一种，随潮往来，谓之信凫。"又云："鸥生南方江海湖溪间，形色如白鸽及小白鸡。长喙长脚，群飞耀日，三月生卵。"《南越志》："江鸥一名海鸥，在涨海中随潮上下。常以三月风至，乃还洲屿。颇知风云，若群飞至岸必风，渡海者以此为候。"在这许多旧记载中，名称的歧异和演化，可暂置勿论，下列二事，试分别言之：

（1）形态的记载，是否正确。

（2）江鸥、海鸥、信鸥，是否为同一鸟类。

古人虽然也十分说起"格物"这一类话，但他们对于事物的观察，始终是不细致，不正确；遗下的记载，尤属简略残缺；常在名辞方面，展转注释，乃愈增其迷糊。你看说鸥鸟的形态罢：一则云"如仓庚而小"；一则云"形色如白鸽及小白鸡，长喙长脚"。这其间，大小的差别，须以倍计。用现在的实物为证，当从后说。若附会地说起来，还可以称誉前人，说他们也晓得鸥与鸽是类缘极近的鸟类呢。盖在分类学的地位上，鸥与鸽系同属鸠鹑目中，一为鸠亚目，一为鸥亚目（Lari）。现在普通的动物学书中，以 *Larus canus major* Middendorf 为鸥，但证以旧时习性记载，如袁凯《观沙鸥》诗云："门外群鸥我所知，终朝相见不相离。借尔桥东杨柳岸，明年春日更添儿。"那样的栖息河湖之中，并在我国境内繁殖的，当为今之黑味鸥（*L.saundersi* Swinhoe）。此鸥形体最小，较鸠鸽稍大，眼圈黑色，翕银灰色，翼的拨风羽白色，而尖端与边缘黑。嘴粗短而黑。其他全体白色。夏季在我国河泽间，栖息繁殖；冬季往来我国以及朝鲜、西伯利亚等处的海岸。古人云："在海者名海鸥，在江者名江鸥。"又云："江鸥一名海鸥。"大概他们也略知在海在江，为同一种类，所以混统称之了。

又所云"海中一种，随潮往来，谓之信凫"者，大概指海滨习见的一种叫作海猫（*L.crassirostris* Vieilot），而说此种体躯较大。翕部青灰色，翼的拨风羽自第一至第五枚黑色，唯尖端有小白点。尾羽近尖端有广阔的黑带。嘴黄绿色，尖端黄赤，脚赤褐色。此鸟鸣声，宛似猫叫，因以为名。作者曾有一次在故乡的钱塘江边尖山上，忽闻群猫鸣声，发于山下。心窃疑虑，如此荒野，何来家猫？俯视礁外水际，乃见有无数水鸟，就是这种，正在扑翼为戏。亦有三五散居者，意态闲适，殊为可爱。

鸥鸟身体，均属瘦瘠。如高启《鸥捕鱼》诗云："秋江水冷无人渡，群鸥忍饥愁日暮。白头来往似渔翁，心思捕鱼江水中。眼明见鱼深出水，复恐鱼惊隐芦苇。须臾衔得上平沙，鳞鬣半吞犹见尾。江鱼食尽身不肥，平生求饱苦多饥。却猜人少忘机者，海上相逢不飞下。"不论海产或陆产的食鱼鸟类，大都肉味腥膻，不堪食用。《山海经》有云："黝股国其人食鸥。"这一种特殊嗜好，不知现在还有什么地方存留着没有？

2 闲客

　　宋代李昉，曾于园亭中畜养五禽，各以客名：鹤为仙客，孔雀为南客，鹦鹉为陇客，白鹭为雪客，白鸥为闲客。鸥鸟洁白的羽色，确是表示着它素洁高尚的性格，如钱起《戏鸥》诗所咏："乍依菱蔓聚，尽向芦花灭。更喜好风来，数片飘晴雪。"令我们对于它色彩上的佳妙，无限神往。至于它的姿态，又是十分闲雅；常飘浮水面，随浪上下，似若无虑无求，与世无争者；虽然它也须捕鱼为食，如崔道融《江鸥》诗所释云："白鸟波上栖，见人懒飞起。为有求鱼心，不是恋江水。"《青异录》："宦者刘继诠，得芙蓉鸥二十四只以献，毛色如芙蓉。帝甚喜，置北海中曰：'鸥字三品鸟，宜封碧海舍人。'"沧海无垠，水碧于天，鸥鸟游浪其间，安居无虑，意态多么闲适。再看别的吟咏鸥鸟的诗歌，也普遍地表现这种意味。

　　江浦寒鸥戏，无他亦自饶。却思翻玉羽，随意点春苗。雪暗还须浴，风生一任飘。几群沧海上，清影日萧萧。

（杜甫《鸥》）

　　泛泛江上鸥，毛衣皓如雪。朝飞潇湘水，夜宿洞庭月。归客正夷犹，爱此沧江闲白鸥。

（刘长卿《弄白鸥歌》）

银 鸥

惯向溪头漾浅沙，薄烟微雨是生涯。时时失伴沉山影，往往争飞杂浪花。晚树清凉还鹬鹀（yù），旧巢零落寄蒹葭。池塘信美应难恋，针在鱼唇剑在鰕。

（陆龟蒙《白鸥》）

群飞独宿水中央，逐浪随波意半伤。莫去西湖花里睡，芰荷翻雨打鸳鸯。

（宋无《海鸥》）

《列子》中，关于鸥鸟，有一个故事，云："海上之人有好鸥鸟者，每旦之海上，从鸥鸟游；鸥之至者，百住而不止。其父曰：'吾闻鸥鸟皆从汝游，汝取来吾玩之。'明日之海上，鸥鸟舞而不下也。"这一个故事，主意是在说明有无机心，后来普遍地被文人所引用，成为通俗的典故之一。

3 鸥与人生

　　鸥鸟姿容优美，飞翔湖畔海滨的时候，频添风韵。如前所述，古来有许多吟咏的诗歌，当然就因此故。至从实利上考察起来，鸥鸟实在是一种益鸟。它常在海上礁岩的附近，群飞鸣噪；航海者可因此而避免撞礁的危险。它还有沿港口出入飞行的习性，当航海者迷途的时候，或者浓雾弥漫的时候，观察鸥群飞行的方向，追踪其迹，就容易正确地找到目的地。鸥鸟群集湖畔海滨的时候，对于人间排除的弃物，动物的死骸，以及其他种种不洁的东西，有十分嗜好的癖性。这种清洁扫除的行为，对人是极有利益的。

　　还有赤味鸥（*L.ridibundus ridibundus* Linnaeus）之类，栖息陆上的水中，对于各种害虫，特别是直翅类昆虫如蝗虫等，异常喜欢啄食。从这一点上看来，鸥真是益鸟。

　　最后，除上述各种利益外，在渔业上，还有一点特殊的助人之处。就是鳀鲱等鱼，于某一时期中，常群游于洋面：鸥鸟因为要捕捉食物，所以也常常成群地在富有鱼类的水面上，回翔上下。渔夫侦察它们的飞行，就可以推知鱼类的出没，渔业上受益是极大的。

黑腹燕鸥

鹤

---

1 古之好鹤者

　　鹤在我国历史上，被目为仙禽，有高人隐士之风。除为特殊的用途，大被杀戮外，通常如有捕得，每饲养以供玩赏。《毛诗义疏》云："吴人园中及士大夫家皆养之。"这个风尚，到现在还没有衰替。古时对于鹤，还有特别嗜好的人，留下的记载很多，最早要算卫懿公。据说："狄人伐卫，卫懿公好鹤，鹤有乘轩者。将战，国人受甲者，皆曰：'使鹤，鹤实有禄位，余焉能战？'"（《左传·闵公二年》）懿公终因爱鹤的缘故，以致身败名裂。后人就每每以为前车之鉴，而引作深戒。晋时钮滔母也非常爱鹤，从弟孝徵以为不当，就引这件事去规箴他，他答书云："省尔讯我以养鹤，乃戒以卫懿公灭毙之祸，斯言惑矣。吾未之取彼懿公之好：民无役车之载，鹤有乘轩之饰；祸败之由，由乎失所。"盖世俗之见，有些地方，是不免因噎废食的。在晋代，大概养鹤的风习，盛行一时。羊祜是很有名的将军，《方舆胜览》说他："镇荆州，江陵泽中多有鹤，尝取之教舞，以娱宾客。"由是江陵泽名为鹤泽；后来连江陵郡也称鹤泽了。至如陆机为成都王所诛，临死时犹"顾左右而叹曰：'今日欲闻华亭鹤唳，不可复得。'"（《晋八王故事》）更可见他爱鹤心切。

　　然而，直到唐代，鹤似乎尚未与隐人逸士结缘，纵是关于仙人或成仙的传说，已经很多。当时的爱鹤，大概多起于个人特殊的癖性或嗜好，并不似后来那样，借此以高尚隐逸自况的。只看这时候咏鹤的诗歌，所表现的有三种思想：一是别鹤之类，喻离别的悲哀；二是通常的咏物写情；三是叙述神仙的渺茫。关于第三项，下文还当详论；现在只引录第一二项的诗文若干首，以见一斑：

　　双鹤俱遨游，相失东海傍。雄飞窜北朔，雌惊赴南湘。弃我交颈欢，离别各异方。不惜万里道，但恐天网张。

　　　　　　　　　　　　　　　　　　　（曹植《失题》）

　　远雾旦氛氲，单飞才可分。孤惊思屿浦，羁唳下江濆。意惑东西水，心迷四面云。谁知独辛苦，江上念离群。

　　　　　　　　　　　　　　（萧纲《登板桥咏洲中独鹤》）

　　闻夜鹤，夜鹤叫南池。对此孤明月，临风振羽仪。伊吾人之菲薄，无赋命之天爵。抱踽促之短怀，随冬春而哀乐。愍海上之惊凫，伤云间之离鹤。离鹤昔未离，迥发天北垂。忽遇疾风起，暂下昆明池。复畏冬冰合，水宿非所宜。欲栖不可住，欲去飞已疲。势逐疾风举，求温向衡楚。复值南飞鸿，参差共成侣。海上多云雾，苍茫失洲屿。自此别故群，独向潇湘渚。故群不离散，相依江海畔。夜止羽相切，昼飞影相乱。刷羽共浮沉，湛澹泛清浔。既不经别离，安知慕侣心？九冬负霜雪，六翮飞不任。且养凌云翅，俯仰弄清音。所望浮丘子，旦夕来相寻。

　　　　　　　　　　　　　　　　（沈约《夕行闻夜鹤》）

　　杳杳冲天鹤，风排势渐违。有心长自负，无伴可相依。万里宁辞远，三山讵忆归。但令毛羽在，何处不翻飞。

　　　　　　　　　　　　　　　（吕温《赋得失群鹤》）

　　分飞共所从，六翮势随风。声断碧云外，影孤明月中。

青田归路远，丹桂旧巢空。矫翼知何处，天涯不可穷。

（杜牧《别鹤》）

以上是别鹤一类的诗。以下再引关于普通状物抒情的诗：

依池屡独舞，对影或孤鸣。乍动轩墀步，时转入琴声。

（阴铿《咏鹤》）

散下渚田中，隐见菰蒲里。哀鸣自相应，欲作凌风起。

（司空曙《田鹤》）

高竹笼前无伴侣，乱群鸡里有风标。低头乍恐丹砂落，晒翅常疑白雪消。转觉鹔鹴毛色下，苦嫌鹦鹉语声娇。临风一唳思何事？怅望青田云水遥。

（白居易《池鹤》）

羽毛似雪无瑕点，顾影秋池舞白云。闲整素仪三岛近，迥飘清唳九霄闻。好风顺举应摩日，逸翮将翔莫恋群。凌厉坐看空碧外，更怜凫鹭老江濆。

（李绅《放鹤》）

白丝翎羽丹砂顶，晓度秋烟出翠微。来向孤松枝上立，见人吟苦却高飞。

（刘得仁《忆鹤》）

欲洗霜翎下涧边，却嫌菱刺污香泉。沙鸥浦雁应惊讶，一举扶摇直上天。

（褚载《鹤》）

到了宋代，鹤就开始与隐人逸士为伍；在鹤的身上，笼罩着无数隐逸的气氛了。这个证据，仍是可以求之诗文间：

> 高笼携得意何勤，玉树惭无可待君。只爱羽毛欺白雪，不知魂梦托青云。孤标直好和松画，清唳偏宜带月闻。自有三山归去路，莫辞时暂处鸡群。
>
> （韩琦《谢丹阳李公素学士惠鹤》）

> 园中有鹤驯可呼，我欲呼之立坐隅。鹤有难色侧睨予，岂欲臆对如鹍乎？我生如寄良畸孤，三尺长胫阔瘦躯。俯啄少许便有余，何至以身为子娱。驱之上堂立须臾，投以饼饵视若无。戛然长鸣乃下趋，难进易退我不如。
>
> （苏轼《鹤叹》）

> 仙鹤在人世，长鸣思远空。有人秋水上，倚杖月明中。玉树三更露，银河万里风。徘徊意无极，迟尔出樊笼。
>
> （张以宁《题江仲暹听鹤亭》）

隐逸思想，见于事实者，最著为林逋。他孑然一身，隐居杭州西湖的孤山，以梅为妻，以鹤为子，就这样地度过一生，真所谓高风亮节，潇洒尘外了。他的鹤，据说还供役用。《梦溪笔谈》云："林逋隐居孤山，畜两鹤，纵之则飞入云霄，盘旋久之，复入笼中。逋常泛小艇，游西湖诸寺。有客至逋所居，则一童子出应门，延客坐，为开笼纵鹤。良久，逋扬櫂而归，盖常以鹤飞为验也。"在这样的记录中，我们也可以窥见无数安舒和逸的气韵跃动着。现在孤山犹有放鹤亭的胜迹，梅花虽然不少，而鹤则已经无存。

"卢守常悴陈州日，畜二鹤甚驯。一创死，一哀鸣不食；卢勉饲之，乃就食。一旦，鸣绕卢侧，卢曰：'尔欲去也？有天可飞，有林可栖，不尔羁也。'鹤振翮云际，数四徊翔，乃去。卢老病无子。后三年，归卧黄蒲溪上，晚秋萧索，曳杖林间。忽有一鹤盘空，声鸣凄断。卢仰祝曰：'若非我陈州侣耶？果尔，即当下。'鹤竟投入怀中，以喙牵衣，旋舞不释。卢抚之，泣曰：'我老无嗣，形影相吊，尔幸留此，当如孤山逋老，共此残年。'遂引之归。卢殁，鹤亦不食死。家人瘗之，墓在丁堰。"（《扬州府志》）像这样的故事，颇有一些悲剧的色彩，不忍再多写了。

2 鹤与神仙

　　鹤之形态，清臞秀逸；鹤之色泽，雪白玉润；鹤之飞翔，翩翩云汉；鹤之栖息，徜徉林泽；鹤之饮食，节省淡泊；鹤之性情，柔静幽娴；颇似一个潇洒风尘、放浪形骸的人，所以俗名称它为仙鹤；在仙人的传说中，更往往以鹤为伴。"王子乔见桓良曰：'告我家，七月七日，待我缑氏山头。'至期，果乘白鹤住山巅，望之不得到。"《列仙传》此事，张仲素有诗咏之："羽客骖仙鹤，将飞驻碧山。映松残雪在，度岭片云还。清唳因风远，高姿对水闲。笙歌忆天上，城郭叹人间。几变霜毛洁，方殊藻质斑。蓬瀛如可到，逸翮讵能攀。"《唐图经》还有另外一个故事："费祥登仙，尝驾黄鹤返憩于此，遂以名楼。"《述异传》也说："荀怀事母孝，好属文及道术，潜栖却粒。尝东游，憩江夏黄鹤楼上，望西南有物飘然降自霄汉，俄顷已至，乃驾鹤之宾也。鹤止户侧，仙者就席，羽衣虹裳，宾主欢对。辞去，跨鹤腾云，眇然烟灭。"这些故事，都是说鹤为仙人所骑乘的。骑鹤升仙，后来成为一般人的奢望之一。某小说中说："有客相从，各言所志：或愿为扬州刺史，或愿多赀财，或愿骑鹤上升。其一人曰：'腰缠十万贯，骑鹤上扬州。'欲兼三者。"现在扬州已不似往时的可恋，骑鹤当然只是一种无稽的妄念；唯有腰缠十万贯的作用，犹未失坠；而且，岂但未曾失坠，较前更为万能呢。至于妄想骑鹤升仙，还有一个笑话："庐山九天使者庙，有道士忘其姓名，体貌魁伟，饮啖酒肉，有兼人之量。晚节服饵丹砂，躁于冲举。魏王之镇浔阳也，郡斋有双鹤，因风所飘，憩于道馆；迴翔嘹唳，若自天降。道士且惊且喜，焚香端简，前瞻云霓，自谓当赴上天之召；命山童控而乘之，羽仪清弱，莫胜其载，毛伤背折，血洒庭除，仰按久之，是夕皆毙。翌日，驯养者诘知其状，诉于公府，王不之罪。处士陈沆闻之，为绝句以讽云：'啖肉先生欲上升，黄云踏破紫云崩。龙腰鹤背无多力，传语麻姑借大鹏。'"（《南唐近事》）

第二，说成仙的人，能化为鹤，其例有三：一见《抱朴子》："周穆王南征，一军尽化，君子为猿鹤，小人为沙虫。"一见《集异记》："明皇天宝十三载重阳日，猎于沙苑。云间有孤鹤徊翔焉，上亲御弧矢，一发而中。其鹤则带箭徐坠，将及地丈许，欻然矫翰，西南而逝；万众极目，良久乃灭。益州城距郭十五里，有明月观焉，依山临水，松桂深寂，道流非修习精悫者，莫得而居。观之东廊第一院，尤为幽绝。每有自称青城道士徐佐卿者，风局清古，一岁率三四而至焉。观之耆旧，因虚其院之正堂，以俟其来；而佐卿至则栖焉；或三五日，或旬朔，言归青城，甚为道流之所倾仰。一日，忽自外至，神爽不怡，谓院中人曰：'吾行山中，偶为飞矢所加，寻已无恙矣。然此箭非人间所有，吾留之于壁上；后年箭主到此，即宜付之，慎无坠失。'乃援毫记壁，云留箭之时，则十三载九月九日也。及玄宗避寇幸蜀，暇日命驾行游，偶至斯观，乐其佳景，因遍幸道室；既入此堂，忽觐挂箭，则命侍臣取而玩之，盖御箭也；深异之，因询观之道士，皆以实对，即是佐卿所题，乃前岁沙苑纵畋之日也。佐卿盖中箭孤鹤耳。究其题，乃沙苑翻飞，当日集于斯欤？上大奇之，因收其箭而宝焉。自后蜀人亦无复有逢佐卿者矣。"一见于《神仙传》，云："苏仙公者，桂阳人也，以仁孝闻。数岁之后，先生洒扫门庭，修饰墙宇；友人曰：'有何邀迎？'答曰：'仙侣当降。'俄顷之间，乃见天西北隅，紫云氤氲，有数十白鹤，飞翔其中，翩翩然降于苏氏之门，皆化为少年，仪形端美，如十八九岁人，怡然轻举。先生敛容逢迎，乃跪白母曰：'某受命当仙，被召有期，仪卫已至，当违色养。'即便拜辞，母子歔欷。母曰：'汝去之后，使我如何存活？'先生曰：'明年，天下疾疫，庭中井水，檐边橘树，可以代养；井水一升，橘叶一枚，可以疗人，兼封一柜留之，有所阙乏，可以扣柜言之，所须当至，慎勿开也。'言毕，即出门蹢躅顾望，耸身入云，紫云捧足，群鹤翱翔，遂升云汉而去。来年，果有疾疫，远近悉求母疗之，皆以水及橘叶，无不愈者；有所阙乏，即扣柜，所须即至。三年之后，母心疑，因即开之，见双白鹤飞去；自后扣之，无复有应。母年百余岁，一旦无疾而终，乡人共葬之，如世人之礼。后有白鹤来止郡城东北楼上，人或挟弹弹之，鹤以爪攫楼板似漆书云：'城郭是，人民非，三百甲子一来归；吾是苏君，弹吾何为？'至今修道之人，每至甲子日，焚香礼于仙公之故第也。"

这和《续搜神记》所说的一个故事，约略相似："丁令威本辽东人，学道于灵虚山。后化鹤归辽，集城门华表柱。时有少年举弓欲射之，鹤乃飞，徘徊空中而言曰：'有鸟有鸟丁令威，去家千年今始归。城郭如故人民非，何不学仙冢累累。'遂高上冲天。今辽东诸丁云，其先世有升仙者，但不知名字耳。"

第三，说鹤亦能成仙化人。《异苑》云："晋怀帝永嘉中，徐奭出行田，见一女子，姿色鲜白。奭就言调，女因吟曰：'畴昔聆好音，日月心延伫；如何遇良人，中怀邈无绪。'夷情既谐，欣然延至一屋，女施设饮食，而多鱼，遂经日不返。兄弟追觅至湖边，见与女相对坐；兄以藤杖击女，即化成白鹤，翩然高飞。夷恍惚年余乃差。"《河东记》云:"大和中,长安城南韦曲慈恩寺塔,月夜有美人从三四、青衣,绕塔言笑;忽顾侍者,白院僧取笔砚来,于梁上题诗:'皇子坡头好月明,忘却华亭倒绕行。烟收山低翠黛横,折得荷花远恨生。'烛之,化为白鹤飞去。"这样荒诞的故事,不期亦见于正史中。《陶侃传》云:"侃丁母忧,在墓下,忽有二客来吊,不哭而退。仪服鲜洁,知非常人;随而看之,但见双鹤飞而冲天。"习俗相传,认鹤是长寿的动物,与龟并称,说它可达千岁。如《抱朴子》云:"千岁之鹤,随时而鸣,能登木。其未千岁者,终不集树。色纯白纯黑,脑尽成骨。"《八公相鹤经》云:"鹤二年落子毛,易黑点。三年产伏。复七年,羽翮具。复七年,飞薄云汉。复七年,舞应节。复七年,昼夜十二时鸣中律。复百六十年,不食生物。复七年,大毛落,茸毛生,雪白或纯黑,泥水不污。复百六十年,雌雄相视,目睛不转而孕。千六百年后,饮而不食,鸾凤同为群。"他们将鹤形容到如此长寿神奇,所以更进一步,就甚至于说它可以化作仙人,如上云云。

第四,说鹤能够胎产。然而相信此说的人,不过像彭渊材那样造成笑话而已。"彭渊材迂阔好怪,常畜两鹤。客至,夸曰:'此仙禽也。凡禽卵生,此禽胎生。'语未竟,园丁报曰:'鹤夜生一卵。'渊材呵曰:'敢谤鹤耶?'未几,鹤展颈伏地,复诞一卵。渊材叹曰:'鹤亦败道,吾乃为刘禹锡《嘉话》所误。'"(《墨客挥犀录》)

第五,《临海记》云:"郡西北有白鹤山,周回六十里,高三百丈,有泄水悬注,遥望如倒挂白鹤,因以为名。古老相传云:此山昔有晨飞鹤,入会稽雷门鼓中,于是雷门鼓鸣,洛阳闻之。孙恩时斫此鼓,见白鹤飞出,翱翔入云,此后鼓无复远声。"这一则故事,倒颇有童话风味,值得记述。或者因鹤的鸣声,甚为高亢,由是演化而得。《诗》云："鹤鸣九皋，声闻于野。"注："闻八九里。"
当然还是过甚的形容。考鹤的发声器气管，因颈部特长，故异常延长；
而且突入胸部，蟠曲于胸腔之中，宛如西洋乐器的喇叭，富于共鸣
作用，是以所发声音，确较别的鸟类为宏大。

鸣 鹤

3 鹤舞

旧说鹤亦能舞。试先读鲍照的《舞鹤赋》，以略窥舞态的大概：

> 散幽经以验物，伟胎化之仙禽；钟浮旷之藻质，抱清迥之明心。指蓬壶而翻翰，望崐阆而扬音。匝日域以回驾，穷天步而高寻。践神区其既远，积灵祀而方多。精含丹而星曜，顶凝紫而烟华。引圆亢之纤婉，顿修趾之洪姱。叠霜毛而弄影，振玉羽而临霞。朝戏于芝田，夕饮乎瑶池；厌江海而游泽，掩云罗而见羁。去帝乡之岑寂，归人寰之喧卑。岁峥嵘而愁暮，心惆怅而哀离。于是穷阴杀节，急景凋年；凉沙振野，箕风动天；严严苦雾，皎皎悲泉；冰塞长河，雪满群山。既而氛昏夜歇，景物澄廓，星翻汉回，晓月将落；感寒鸡之早晨，怜霜雁之违漠。临惊风之萧条，对流光之照灼。唳清响于丹墀，舞飞容于金阁。始连轩以凤跄，终宛转而龙跃。踯躅徘徊，振迅腾摧；惊身蓬集，矫翅雪飞。离纲别赴，合绪相依；将兴中止，若往而归。飒沓矜顾，迁延迟暮。逸翮后尘，翻嚣先路；指会规翔，临岐矩步；态有遗妍，貌无停趣；奔机逗节，角睐分形；扬翘缓鹜，并翼连声；轻迹凌乱，浮影交横；众变繁姿，参差漇密；烟交雾凝，若无毛质；风去雨还，不可谈悉。既散魂而荡目，迷不知其所之；忽星离而云罢，整神容而自持。仰天居之崇绝，更惆怅以惊思。当是时也，

燕姬色沮，巴童心耻；巾拂两停，丸剑双止。虽邯郸其敢伦，岂阳阿之能拟。入卫国而乘轩，出吴都而倾市。守驯养于千龄，结长悲于万里。

最初的舞鹤记载，稍带神话色彩，例如《穆天子传》云："天子饮于孟氏，爰舞白鹤二八。至于巨蒐氏，巨蒐之人乃献白鹤之血，以饮天子。"又《韩非子·十过篇》云："师涓鼓新声，平公问师旷：'此何声也？'曰：'清商。'公曰：'最悲乎？'师旷曰：'不如清徵。'公曰：'可得闻乎？'旷曰：'古之得闻清徵者，皆有德义之君。'公曰：'得试之乎？'旷不得已，援琴一奏，有黝鹤二八，道南方来，集于郭门之垝。再奏而列，三奏延颈而鸣，舒翼而舞，音中宫商。公大悦，提觞起焉，为师旷寿。其后大旱。"后《吴越春秋》的一则记事，已脱去神话意味。至其残忍凄凉的情况，颇足见古专制时代的黑暗："吴王阖闾有女。王伐楚，与夫人及女会食。蒸鱼，王尝半。女怒曰：'王食我残鱼，辱我，不忍久生。'乃自杀。阖闾痛之，葬于郡西阊门外。凿池为女坟，积为山，文石为椁；金鼎、玉杯、银樽、珠襦之宝，皆以送女。乃舞白鹤于吴市，令万民随观之；遂使与鹤俱入墓门，因塞之，以送死。"你想，为一爱女，而使万民殉之，其残酷为何如耶？羊祜，如前文所述，他是养鹤的；他的鹤，也教之习舞，以娱宾客。《世说新语·排调篇》云："刘遵祖少为殷中军所知，称之于庾公。既见与语，刘尔日殊不称，庾小失望，遂名之为'羊公鹤'。昔羊叔子有鹤善舞，尝向客称之，客试使驱来，氄氄而不肯舞。故称比之。"

其实所谓舞者，乃振翼徘徊之状耳。《山家清事》叙其训练法云："欲教以舞，俟其馁而置食于阔远处，拊掌诱之，则奋翼而唳，若舞状。久之，则闻拊掌而必起，此食化也，岂若仙家和气自然之感召哉！"

4 鹤的种类

现在，要谈到科学的事实了。鹤属于鹳（fǎn）鹤目（Gruiformes），鹤科（Gruidae）。这一科的鸟类，种类极少，全世界所产，共只19种。都是大形鸟类，颈和脚极长，嘴强大而修直。《庄子》所谓："凫胫虽短，续之则忧；鹤胫虽长，断之则悲。"就指其脚的长。平常主群栖于沼泽，原野或海滨以及森林中的泥湿之地。繁殖期，不再群栖。在地上用水草稻蒿，小枝等构成粗大扁平的巢。也有许多种类，并不造巢，单于地面浅凹之所，产卵其中。旧籍中记鹤的形态习性的文字，有一篇《淮南八公相鹤经》，其间云："食于水，故其喙长；轩于前，故后趾短；栖于陆，故足高而尾凋；翔于云，故毛丰而肉疏。……行必依洲屿，止不集林木。……鹤之上相，瘦头朱顶，露眼，黝睛，高鼻，短喙，髁（kuī）颊，臇（zé）耳，长颈，促身，鹥（yàn）膺，凤翼，雀尾，龟背，鳖腹，轩前，垂后，高胫，粗节，洪髀，纤指。"体性状物，尚得其实；移作科的说明，亦颇适当。

我国常见的鹤，约有五六种，最为人所称道者，是白鹤（Grus Chinensis），旧时记述，尽属此种。全身纯白色，头顶无羽毛，皮肤裸出，呈美丽的朱红色；一名丹顶鹤者，即以此故。颊喉，自下颈以迄脊的部分，呈灰黑色。翼的拨风羽，一部分黑色，叠翼时候，适覆尾端，宛似生着一个黑尾，其实尾羽是纯白色的。嘴绿而脚灰色。幼鸟前头的赤色部，和前颈的黑色部，都呈茶褐色；全体的白色部分，均微混赤褐。繁殖于西伯利亚，冬期，南来我国境内。

第二辽鹤（G. leucogeranus Pallas），和前种相同，体色亦为纯白。头的前方并颜面无羽毛，皮肤裸出而呈赤色。翼的拨风羽黑色，嘴和脚淡红色。形体稍小。幼鸟头和上颈部茶色，白羽中微混茶色羽。夏期亦在西伯利亚繁殖，冬期南行至中部亚细亚，北印度以及欧洲东南部等处。

第三赤颊鹤（G.leucauchen Temminck），全身灰黑色，前额，眼周围，以及耳的附近，不被羽毛，皮肤裸出，而呈赤色。《毛诗义疏》云："苍色者，今人谓之赤颊。"《桂海禽志》云："灰鹤大如鹤，通身灰惨色，去顶二寸许，毛始丹，及颈之半。亦能鸣舞。"当均指此种。后颈和前颈的上部，都是纯白色。嘴绿，脚暗红。幼鸟眼周围不为赤色，头上微混茶色羽毛。分布于西伯利亚东部，我国东北部以及朝鲜、日本等处。

第四白颈鹤（G. monachus Temminck），体灰黑，头与颈大部分纯白；前额和眼前部，黑色而有刚毛，其后方则裸出。嘴黄色，脚黑色。繁殖于西伯利亚东部。及我国的内蒙古、东三省等处；越冬于我国南部并日本。

第五玄鹤（G.communis Bechstein），身体鼠色，头上并眼尖皮肤裸出，生黑色粗刚毛。颈的后方有灰褐色的三角形斑纹，喉并颈的前方与侧面，亦为同色。自眼后以迄颈侧有白斑。嘴基部绿色，而尖端黄。脚黑色。幼鸟额黑色，头上赤，颊淡白，其他悉为灰褐。此种分布区域极为广阔，所以照学名的意义，应名普通鹤，繁殖于亚欧二洲的北部；冬季到南欧，北非，西南亚洲，北印度以及我国。《古今注》云："鹤千岁则变苍，又二千岁则变黑，所谓玄鹤也。"《三才图会》云："雷山有玄鹤者，粹黑如漆，其寿满三百六十岁，则纯黑。王者有音乐之节则至。昔黄帝习乐于昆仑山，有玄鹤飞翔。"
他们未免将这种凡禽仙化了。

第六蓑羽鹤〔Anthropoides virgo（Linnaeus）〕，形体最小。体
色主为鼠色，头上，喉及前颈黑色。眼后有蓑状纯白色长羽毛，极
为美丽。嘴绿色，尖端红，脚亦为红色。欧洲的东部和南部，西伯
利亚的中部和南部并西部亚洲，为其繁殖地；冬季到非洲东北部，
印度并我国。《宋书·五行志》云："雍熙四年（987）十月，知润
州程文庆献鹤，颈毛如垂缨。"是这种鹤在历史上唯一的记载。

这里，对于鹤的命名，也约略可以一说。《本草纲目》云："鹤
字篆文像翘首短尾之形。一云白色隺隺，故名。"原来鹤之所以为鹤，
有着这样两种解释。《淮南八公相鹤经》云："鹤乃羽族之宗，仙人
之骥，千六百年乃胎产。"因此又有胎仙一名。《琅嬛记》又以为"一
名仙子，一名蓬莱羽士"，与胎仙之称，意义相同。而"一名沈尚书"，
则不解其意义何居。《禽经》又谓之"'露禽'，盖相传？此鸟性警，
至八月白露降流于草上，点滴有声，因即高鸣相警，移徙所宿处，
虑有变害也。"（周处《风土记》）又《埤雅》："驯养于家庭者，
饮露则飞去。"（《禽经》注）鹤古又与鹄通，《尔雅翼》辨之甚
详："古书又多言鹄，鹄即是鹤音之转。后人以鹄鸣颇著，谓鹤之
外，别有所谓鹄。故《埤雅》既有鹤，又有鹄。盖古言鹄不日浴而
白，白即鹤也。鹄名咶咶。咶咶，鹤也。以龟鸿龙鹄为寿，寿亦鹤
也。故汉昭帝时黄鹄下建章宫太液池，而歌则名《黄鹤》。《神异经》
鹤国有海鹄，卫懿公好鹤，齐王使献鹄于楚，亦列国之君，皆以为
玩。其余诸书文，如'蕙帐空兮夜鹤怨'，《楚辞》'黄鹄一举'，
及田饶说鲁哀公言黄鹄；或为鹤，或为鹄者甚多。以此知鹤之外，
无别有所谓鹄也。"前述关于别鹤的诗，还漏列一首《别鹤操》，

那是商陵牧子为了父兄要改嫁他的妻而作的。"将乖比翼隔天端，
山川悠远路漫漫，揽衣不寝食忘餐。"（《古今注》）但后人引用，
也作"别鹄"。

5 鸟类的灭绝

鹤与鹳，朱鹭与篦鹭等大型鸟类，到近代，数量日见稀少。何以至此，未能确说。大概一，形体既大，易为猎人所注目，因此捕杀较多。二，别种鸟类，每年产卵自六、七颗到十二三颗；而鹤等大鸟，仅二三颗而已。繁殖力薄弱，亦为种族衰败的大原因。三，形体既大，所需食物必多；易受饥饿之厄，不免因之难于畅遂生机。四，形体大，不仅容易被猎人捕杀，即自然界中，亦易招敌害。至以我国而论，素来对于鸟类，不知保护，完全是让它们自生自灭的。古人有对于群鹤兴赋的诗，可见当时鹤类定属繁生：

八风舞遥翮，九野弄清音。一摧云间志，为君苑中禽。

（齐高帝《咏平泽群鹤》）

云间有数鹤，抚翼意无违。晓日东田去，烟霄北渚归。欢呼良自适，罗列好相依。远集长江静，高翔众鸟稀。岂烦仙子驭，何畏野人机。却念乘轩者，拘留不得飞。

（张九龄《郡中见群鹤》）

一方面，所受任意的残杀，大量的捕戮，在历史上，其例正复不少，是亦鹤类的大劫矣：

·鹤·

炀帝大业二年，……课州县送羽毛。民求捕之，网罗彼水陆禽兽，有堪氅毛之用者，殆无遗类。乌程有高树逾百尺，旁无附枝，上有鹤巢，民欲取之，不可上，乃伐其根。鹤恐杀其子，自拔氅毛投于地。

（《通鉴记事》）

福建输鹤翎为箭羽。鹤非常有物，有司督责急，一羽至直数百钱，民甚苦之。

（《宋史·王济传》）

树林鹳

黑顶北山雀

秧鸡

1 秧鸡

关于秧鸡的旧记载，不甚多见。李时珍说："秧鸡大如小鸡，白颊，长嘴，短尾，背有白斑。多居田泽畔。夏至后，夜鸣达旦，秋后即止。"现在以 Rallus aquaticus indicus（Blyth）为秧鸡，其形态，上面，地色茶褐，各羽有广阔的黑纹。头部殆为黑色，搀混少许茶褐。翼黑褐。颜灰色，自眼前通过眼直至耳羽，为一茶褐色带。下面，腮、喉白色，前颈并胸灰色微带茶色。腹部、肋、腰侧及下尾筒黑色，有显著的白色横纹。上嘴黑褐，下嘴橙赤，脚淡褐色。栖息我国北部和日本等处；冬季来到我国南部并印度。与旧记载相覆按，颊非白色，背上也无白斑，是以古之所谓秧鸡者，当非此种。秧鸡科鸟类，其他还有多种，"背有白斑"者，如小秧鸡［Porzana pusilla pusilla（pallas）］、花秧鸡（P.exquisita Swinhoe）等是，古人所见，或许是这两种。

秧鸡属于鹳鹤目（Gruiformes），秧鸡科（Rallidae），均为中型或小型的鸟类。嘴大小适中，鼻沟甚长。颈与脚都很长，趾细长，而爪钩曲。常在河边杂草中或河沼的泥湿地并水田中。以其身体侧扁，所以善于潜行丛莽间。繁殖时，在地上草丛间，以杂草营巢，产 6 个至 12 个的卵。卵地色黄，白或淡褐，有褐黑等色显著斑点。

当繁殖期，发着如啄物那样特异的鸣声，在日本颇为俳人雅士所激赏。《源氏物语》中，就有关于它的记载；诗歌作品，更是极多。我国，则以秧鸡为题的文学作品，作者还没有见过。

淡水秧鸡

2 姑恶鸟

　　"湖桥东西斜月明，高城漏鼓传三更。钓船夜过掠沙际，蒲苇萧萧姑恶声。湖桥南北烟雨昏，两岸人家早闭门。不知姑恶何所恨，时时一声能断魂。天地大矣汝至微，沧波本自无危机。秋菰有米亦可饱，哀哀如此将安归？"（陆游《夜闻姑恶》）在这样的诗里，我们可以了解所歌咏的是一种水鸟。但或者以为它就是伯劳，如云："苦鸟大如鸠，黑色，以四月鸣，其名曰苦苦，又名姑恶，人多恶之，俗以为妇被姑苦死所化，颇与伯奇之说相近。"仅以"颇与伯奇之说相近"为证，而名之为伯劳，殊不足为凭。然则姑恶究属是一种什么鸟类呢？范成大《姑恶诗》序云："姑恶，水禽，以其声得名。……余行苕霅，始闻其声，昼夜哀厉不绝。"这和秧鸡作着 Ka a Ka a 的鸣声，在密云天和夜中，更其连续凄厉、哀鸣不断的情形，实相符合。但科学上，没有确实的证据时，总以不下断语为是，所以虽然从鸣声和习性上考察起来，确乎可以说姑恶就是秧鸡，但我们对于姑恶鸟还未采到过标本，宁可暂且存疑，说它是秧鸡的一种，庶不致陷于武断。

　　各种禽言诗中，姑恶为一极普遍的题材。但此种文字，微寓教训口吻，只在姑恶或姑不恶等意义上，反反复复地缕述陈言，所以并无十分价值。试看范成大的《姑恶》诗罢："姑恶水禽，以其声得名。世传姑虐其妇，妇死所化。东坡诗云：'姑恶姑恶，姑不恶，妾命薄。'"此句可以泣鬼神。余行苕霅，始闻其声，昼夜哀厉不绝。客有恶之，以为必子妇之不孝者，余为作《后姑恶》诗曰："姑恶妇所云，恐是妇偏辞。姑言妇恶定有之，妇言姑恶未可知。姑不言，妇不死。与人作妇亦大难，已死人言尚如此。"然而在这样的诗歌中，我们可以隐隐窥见中国家族制度的裂痕，和旧礼教的崩溃，试再举几首一读罢；虽然这样没有文学风趣的东西，读了也并没有多大的意义。

姑恶姑恶姑不恶，妯娌詈余姑怒作。欲姑喜，事妯娌。

（周显槐《禽言》）

姑恶，姑恶，小姑索羹臛（huò），小姑啧啧姑怒作，小姑欢喜姑亦乐，姑不恶。

（赵俞《禽言一章》）

姑恶姑恶家道立，汝为人妇供妇职。妇德妇功汝不能，抱恨殁身空怨抑。不化秋柏实，不化山头石，化作春鸣鸟，号奴何苦极。

（刘学箕《姑恶》）

下列二首，所表现的思想，尤为恶劣，可以说是将我国国民的劣根性，完全暴露了。

姑恶姑恶，新妇畏婆，不如小姑。小姑呓呓激婆嗔，朝作苦，夜莫停，妇怨不出口，看姑他日为人妇。

（朱一是《禽言》）

芳池月阴春草碧，有鸟有鸟鸣不息。千声万声道姑恶，新

妇低回泪痕落。姑恶姑恶姑不恶，努力窗前勤织作。嗟尔小鸟
胡不思？新妇会有作姑时。

（陈靖远《姑恶行》）

姑恶二字，本是拟似鸣声而想象得之；所以或者说它在叫"苦
苦"，也极相似。用苦苦做诗材的，多是描写农民生活，富含社会
思想，那一类诗，比较的还有意义：

苦，苦，旧年鬻（yù）牛犁，今年典妻子，屋里无人泪弥弥。

（邵长蘅《和颜黄公六禽言》）

苦，苦，东媪生髭（zī），西媪出乳。长吏头为鱼，使君化
成虎。

（顾景星《六禽言》）

白胸苦恶鸟

3 苦呀鸟

我们乡间，暮春初夏，即当蚕忙的时候，水滨芦苇丛中，有一种黑色的小水鸟，鸣声作："苦呀！苦呀！"惨急绵续，昼夜不绝。俗就名之为苦呀鸟，与范成大所说："余行苕霅，始闻其声，昼夜哀厉不绝"者相合。关于它相沿有一种传说，友人唐蔚如、查开良两兄都曾为我将这个故事记录寄来，现在就转录在这里：

　　从前有一个妇人，伊的丈夫在外边做生意，家里只有伊和伊的儿子，并一个愚笨的姑娘，住在一起。伊的儿子，年纪很小，但是非常伶俐活泼；又只有这一块肉，所以宠爱得怎么似的。

　　一天，伊的母亲病了，寄信来叫伊去：伊得信之后，不用说心里很是着急，就整了些随身要用的东西，预备动身；只是伊的小宝贝，素来没有出过门，又是到有病的人家去，怎么可以同去呢？伊左思右想，没有法子，只好交托伊的姑娘了；并且再三的嘱咐伊，叫伊小心保护，撒龌龊了，给伊洗洗清爽，晒干，千万不要糟蹋他。

　　伊到了母家，见伊母亲的病，没有十分要紧，心里又因牵挂着爱儿，便急急的回来了。到了家里，不见伊的宝贝，那愚笨的姑娘，却正正经经的走来说道："小孩子撒龌龊了，已给伊洗干净，晒在园里了。"伊听了，心里蓦的一怔，赶忙去看，只见伊的儿子，已被剖开了肚子，洗得很洁白的晒在篱上了。伊惨痛到不可言状，倒在地上，哭个死去活来。伊的丈夫知道了，也赶回家来，都因此悲伤而死。

从此世上便多了一只可怜的苦呀鸟，每在凄凉的夜里，一声声的苦呀苦呀，在水边狂叫，不知它叫到几时才止。

林兰女士所编的《鸟的故事》，收录周健的《苦不过》、谷凤田的《姑姑苦》、君韶的《苦哇》三则故事，大概也就是讲这种鸟类，一并录下：

从前有一个婆婆，折磨她的小媳妇（童养媳），一天到晚做苦工都不说，夜里还要织麻到五更半夜，才能去睡。一天，她从田间回来，遇着一个仙人（在她眼里却是个陌生人），问她要些什么，他是仙人，可以帮助她。她说：只要脱离了婆婆的拷打，变个鸟都情愿。

到家已是黄昏了，饭也没有吃的，预备扫净地面，坐下来织麻。瞌睡不住地往眼皮上压，她不觉唱道："瞌睡神，瞌睡神，瞌睡来了不由人。唯愿婆婆早些死，一夜睡到大天明。"恰为她婆婆听见，怒不可遏，问她说些什么？她连忙改口道："瞌睡神，瞌睡神，瞌睡来了不由人，唯愿婆婆永不死，把我小媳妇教成人。"她这样被饶恕了，不独免打，还有灶头半碗猫饭（指猫吃之饭也）拿去吃了。她端起猫饭，眼泪忍不住涌出来。待将半碗饭泡着咽下，她就不能说话了。忽然想起仙人，就向外面跑，跑入塘内变了一种黑色水兔般的小鸟，我们叫她苦娃子。

　　她的未婚夫回家，到处找寻，找到塘边，听见他妻的声音叫道："苦不过，苦不过。"他哭丧着回来。

（《鸟的故事》，第 22 页）

　　相传有一女子，在她很小的时候，她的父母不幸就死掉了，只得依赖哥嫂为活。但是她的哥嫂们又都是天赋来那不仁慈的心肠，对待小姑异常苛虐：不满 10 岁的幼女，哥嫂们就强迫着她推磨捣碓，洗衣刷碗。这幼女受不得这些折磨，每到夜间就自己号哭。后来幼女刚长到 15 岁的时候，她的哥嫂就给她找了一家穷人家去作童养媳。然而童养媳的生活更苦了。她要到山上去打柴，要到河里去挑水，她的公婆还有时不给她钱，要她能空手买了油盐来！她想，这真不能过了，倒不如一死的轻快。所以有一夜，她高唱着，"公又打，婆又骂，没有粮米空教把水打，这样生活过得吗？跳到黄河死了吧！"死的恋歌，就跳到黄河里淹死了。后来，她的公婆知道她跳河死了，连忙到黄河捞了上来，又请了她的哥嫂来看着成殓。在成殓的时候，忽然从那童养媳的脑门前飞出来一只鸟，伸长了脖子叫着："姑姑……"童养媳的嫂子听了，对它大声叱道："姑什么姑？你孤我不孤。"那鸟连着又叫："姑姑——苦！姑姑——苦！"

（同前，第 35 页）

　　许多年许多年以前，有一个农家寡妇，在擦床摸席的生涯中，把她丈夫留给她的一个遗腹子带到能够自立的时候，自己为着悲哀过度，把一双眼睛瞎了。不过这儿子是很争气而又很孝顺，所以也过活得很快活。不到几年，儿子有了媳妇了，消费的多，不得不多耕田，所以奉养盲母的责任，概交在他的女人手里。

时当三四月之交，农事忙得很，他仍如前一样，每天由田里捉得鳅鱼回来，交给他女人煮给盲母吃。——从前没有女人时，当然要自己煮。——他的母亲虽然吃时觉得有点异味，然而双睛不见，也没有想到自己吃的并非鳅鱼。

"儿呵！今天的黄鳅为什么有泥气而且腥得很呢？"她听她儿子回来时对他说，同时告诉他床头还剩得有吃不完的在。她儿子一看，原来碗中是一条一条的大蚯蚓，他于是发觉了他的女人把鳅鱼自己吃了，而代以蚯蚓去哄母亲。他揪着她的头发，结实的打了一顿，把她压在一个空禾桶底下。

一日二日过去，已经十七天了，他把禾桶掀开来，"苦丫"一声，她变作一只禾鸡飞去了，以后，她只在半夜三更的水禾里凄声哀号，直到她眼中叫出血来了，才有一条蚯蚓出来给她果腹。

（同前，第 38 页）

苦呀、苦哇、苦不过、姑姑苦，以及姑恶、苦苦等，声韵相近，大概因时代和地域的不同，乃多歧异变化，而所说的鸟，则就是一种。如君韶的《苦哇鸟》的故事中说："变作一只禾鸡飞去了。"更可为假定苦呀鸟即秧鸡的证据。我们晓得，秧鸡的俗名，有些称为稻鸡，有些也称为禾鸡，盖秧、稻、禾完全是同意义的字，都表示它是田野水边的一种鸟类罢了。

4　鹬鸡

　　《本草纲目》云："一种鹬鸡，亦秧鸡之类也。大如鸡而长脚红冠。雄者大而色褐，雌者稍小而色斑。秋月即无，其声甚大。"此种鸟类，似乎就是现今普通动物学书上所说的凫翁［Gallicrex cinereus（Gmelin）］。盖凫翁体色黑，脊以下的羽毛，有广阔的灰色缘。翼的拨风羽黑褐，翼缘及第一初列拨风羽的外羽瓣白色。尾羽黑色有褐缘。体下面均纯黑，仅腹部中央及下尾筒，混生少许白羽。嘴黄色，其基部及额上的骨质板赤色，即所谓"红冠"是也。脚苍绿色。雌鸟色彩大异，体上面各羽的中心黑褐，复有淡褐色的边缘。腰部羽毛其缘甚细。尾羽有同样的色彩。翼羽褐色。颜及颈侧黄褐色，腮白色。以下的下面都为黄褐，而散列细微的黑色横斑。分布区域极广，遍及印度、南洋、日本和我国全境。

　　友人朱守仁兄，在浙江各地，采集鸟类。一天讲起苦呀鸟的形态问题，他说确是凫翁一类的鸟类。

孔雀

1 史谈

　　孔雀最初从印度输入欧洲，意大利人极为珍视，形容它"有天使的羽毛，魔鬼的声音，以及窃贼的智慧。"沙罗门王（Salomon）时代，和无尾猿（Ape）同被输入，伊利安人（Elian）将它从几处荒城转到希腊，每对的价值达 150 金。希腊人异常惊赏它华艳辉丽的羽色；陈列销售，参观的人，有远自雅典来者。亚历山大（Alexander）侵入印度的时候，见孔雀在海路底斯（Hyarotis）江干飞舞，为它华丽的羽色所迷耀，猎击的心思，也浑忘了。

　　至于我国历史上，关于孔雀的记载，自然年代更早。《周书》云："成王时，西方人献孔雀。"这个记载，若非虚伪，则距今 3000 余年，盖西历纪元前 1100 年左右，我国已有孔雀了。《楚辞》是可信的屈原作品，内有"孔盖兮翠旌"一语，足见当时孔雀羽毛，已备实用。自汉以降，孔雀事迹的记载于正史者，更为繁多，略举三则，以见一斑。

　　　　文帝元年（前 179）献孔雀二双。

　　　　　　　　　　　　　　　　（《汉书·南粤王赵佗传》）

　　　　孙皓时（264—280），交趾太守孙谞贪暴，为百姓所患。会察战邓荀至，擅调孔雀三千头，遣送秣陵；既苦远役，咸思为乱。

（《晋书·陶璜传》）

岭南道厥贡孔雀。

罗州招义郡土贡孔雀。

雷州海康郡土贡孔雀。

爱州九真郡土贡孔雀。

（《唐书·地理志》）

关于形态、习性、饲养、应用记载，更散见于群籍者，不一而足，试于下文，分项述之。

青山雀

2 形态

欧西有句古话："鸟类中孔雀的美丽，犹如兽类中的虎。"诚然，除神话上的凤凰以外，孔雀当然可说是最美丽的鸟类。所谓：

> 有炎方之伟鸟，感灵和而来仪；禀丽精以挺质，生丹穴之南垂。戴翠毛以表弁，垂绿蕤之森缅；裁修尾之翘翘，若顺风而扬麾；五色点注，华羽参差；鳞交绮错，文藻陆离；丹口金辅，玄目素规。或舒翼轩峙，奋迅洪姿；或蹀足踟蹰，鸣啸郁咿。
>
> （钟会《孔雀赋》）
>
> 置从南海桄榔林，笼入西州鹦鹉地。耸观翁翼修尾张，鳞鳞团花金缕翠。一身烂漫文章多，引声笙竿奈老何。五侯池馆不可恋，桂树深枝自有窠。
>
> （梅尧臣《赋得孔雀送魏殊》）

云云，可窥一斑。然而如是概念的描写，孔雀是怎样一种鸟类，我们还是不能得到真切的印象。总须将科学上的记载，转述一二，以为补充："形略似雉。颈稍长。头顶至咽喉部红青色；头有青色之毛冠，此毛冠中之毛，唯尖端分枝。颈部亦红青色，带金光，有半椭圆形之绀色斑，亦带金光。眼缘灰蓝色，近嘴边紫绀色。背部亦有半椭圆形之绀色斑，斑缘罗列金色细羽。肩部绀色及黑色，最有光泽。翼羽尖黄褐色，余为青黑。腹部色黑带青，有光泽，尾羽甚长，殆达体之 2 倍；色艳丽，有眼斑，每羽旁分披线状金绿色彩毛。嘴脚皆灰黑，胫部有距。"（《动物学大辞典》）古人以为"画史虽妙善花鸟，犹惮为此物，盖其金翠生动，染色有不能似者"（《埤雅》）。图画犹不能描写它的形态，上引的详细记载，也不过一个大略而已。

孔雀的尾，我们可以特名之为练尾（Train）；因为它是太长了，差不多和彗星的尾是同样的。尾羽末梢的眼斑，古人称之为火眼。而《酉阳杂俎》谓："孔雀尾端一寸，名珠毛。"珠毛二字，倒是一个很雅驯适切的名称呢。从构造上考察起来，对于这个美丽的长尾，更可觉得诧异；因为它实在并不是尾，倒是上尾筒发达而形成。真真的尾羽，不过七八寸长，隐在练尾下面，只当它开屏的时候，才可看见。它有支持练尾的功用，它的颜色灰褐，一点也不美丽。至于幼鸟，练尾当然是没有成鸟那样美丽的。"三年尾始生。"（《桂海禽志》）"尾有金翠，五年而后成。始生三年，金翠尚小。"（《埤雅》）盖是这样逐渐形成的。《埤雅》又以为"初春乃生，三四月后复凋，与花萼俱荣衰。"想象之谈，不足置信。

以上所述，完全是雄鸟的形态。它是雉科鸟类和鸡雉等同样，雌鸟色彩，较为暗涩。形亦较小，练尾几乎缺失，羽端不生眼斑。全体灰褐色，仅喉和颈是绿色。

孔雀学名 Pava cristatus，产于印度、锡兰等处。旧以为："西南夷滇池出孔雀。""西域条支国出孔雀。"（《续汉书》）"罽宾国出孔雀。"（《西域传》）"云南郡有上方下方夷，出孔雀，常以二月来翔，月余而去。""南里县有孔雀。""宁州之极西南有孔雀。"（《南中志》）"（孔雀）出广、益诸州，……交、广多有，剑南元无……《南方异物志》云：'孔雀交趾、雷、罗诸州甚多。'"

（《本草纲目》）云云，大概和另一种产于爪哇、马莱、安南、缅甸等处的爪哇孔雀（P.muticus L.）混称。此种和普通孔雀不同的一点，为其冠毛全部都列生枝毛。色彩：颈部裸出，色青绿并黄。胸部青绿，有金色缘纹。背部铜色，闪烁有光。

　　此地可约略谈一谈孔雀的别名。"一名越鸟，梵书谓之摩由逻。"（《本草纲目》）宋李昉畜养于园，"呼之为南客"。又名都护或文禽，一则拟似其鸣声，一则形容其色彩了。

孔雀

3 雌雄淘汰

孔雀羽色的美丽，照达尔文派生物学者的解释，乃起源于雌雄淘汰。盖雌雄相择，雌性每为主动的，承受的；而雄性是被动的，施与的。雌性为选择者，而雄性为被选择者。雄性常欲博得雌性的欢悦，雌性于是选择其最悦己者与之好合。选择的标准，或为羽色的华美，或为姿态的轩昂，或为性格的勇武，或为歌鸣的优越。孔雀没有嘹唳扬爽的声调，只是"都护都护"地不足以感动雌性。而赋性又非刚强，不足以取媚雌性。所以只发达它的羽色，并求婚的舞蹈。羽色的美丽，已具见前文。至于舞蹈的姿态，是这里所要叙述的。我们常见雄鸡"踏雌"的时候，侧首张翼，盘旋回转；孔雀之舞，也就是这个样子。不过它的华丽的尾羽，竖立奋张，团如锦轮，愈觉优美可爱。《尔雅翼》云："闻弦歌必舒张翅尾，昒睐而舞。"《神仙传》云："萧史吹箫，常致孔雀。"《晋公卿赞》云："世祖时，西域献孔雀解人语，弹指应节起舞。"受音乐的感化，事或有之。此种记载，都有说它起舞，而未曾记明如何舞法。现在叙述婆罗门所产的一种孔雀的舞蹈以作参考：

"雄者将为雌者奏舞时，先择森林中宽约一丈至丈二尺许之地面，扫去枯叶坠枝。雌者乃突升于离地数尺之枝头，或崇高之树根及合宜之茎上；雄者则奏舞于地上，夸示其美：尾羽直竖，两翼齐展，每条翼羽，不但有 20 至 23 之眼斑，且有斜线或黑点夹杂其间，尤为艳美。更可异者，其雄欲试雌之欢心若何，则时时没其头于羽间以相窥伺。此种孔雀实为求偶习惯上之最得其进步。……至于雄鸟之美色美声，是否因此而起亦可以恍然矣。"（《动物学大辞典》）

绯领厚嘴唐纳雀

4 习性

印度有几个地方孔雀甚为普通，每三四十羽群集森林中，尤其是堤岸边；常常变成满树是美丽的羽毛，满空中是纷扰的声音。威廉逊（Williamson）说，他见过至少有 1200~1500 羽聚集一处地方。

一羽雄孔雀，常有 5 羽或更多的雌鸟陪伴它。雌孔雀造巢于隐僻的处所，以避雄鸟扰乱；尤其所产的卵，若被雄鸟发现，往往受它啄破。卵数约 20~30 余，11 月起孵伏，30 日左右而化雏。孔雀虽然常常栖息于树上，但巢造于地面，仅择堤岸等略高的处所而已。巢材用干草和细枝等物。

关于孔雀的繁殖，历来还有两种不正确的传说。一云："孔雀不匹偶，但音影相接便有孕，如白鹇（yì）雌雄相视则孕。或曰雄鸣上风，雌鸣下风亦孕。"（《北户录》）一云："孔雀虽有雌雄，将乳时登木哀鸣，蛇至即交，故其血胆皆伤人。《禽经》云：'孔见蛇则宛而跃'者是矣。"（《本草纲目》）这样的话，从现在看起来，很明白的，都是绝对违反事实的无稽之谈了。

嗜食谷类果实，往往侵盗农作物。蛙，蛇，蜥蜴，昆虫等小动物，也所采食。对于各种兽类，均极恐惧；譬如当它们栖息树上的时候，假如看见远远来了一头狗，它们就静默不敢作声，而现着十分觳觫不安的神气。性格驯善和顺；有些个体，烦躁激烈，但总非勇猛。

旧说"性颇妒忌，自矜其尾；虽驯养已久，遇妇人童子服锦采者，必逐而啄之。"(《埤雅》)现在一般的见解,以为它见美丽的东西时,必开屏以与比竞。开屏就是舒展它美丽的尾羽,这两说都不知是否确实。

孔雀的寿命,据《鸟类与自然杂志》(*Birds and Nature*)所载,"生命约有 20 载"。而日人金井紫云著《鸟与花》一书,则云:"原来是长命的鸟,饲养个体,有生活 50 年左右者;自然生活于山野间者,可达百岁。"两说修短相差极巨,未知孰是。

苍头燕雀

燕雀

5 饲养

关于孔雀的饲养，我们可以先看一则详细的旧记载：

> 孔雀每至晴明，轩薿其尾，自回顾视之，谓之朝尾。须以一间房，前开窗牖，面向明方，东西照映。向里横一木架，令栖息。其性爱向明，不在地。止日饲之以米、谷、豆、麦，勿令缺水，与养鸡无异。每至秋夏，令仆夫于田野中拾蝨斯、蟋蟀、活虫喂饲之。凡欲喂饲，引于厅事上，令惯见宾客。又盛夏或患眼痛，可以鹅翎筒子灌少许生油，以新汲水洗之；如眼不开，则擘口啖之小鱼虾，不尔饿损。及切薿少许啖之，贵其凉冷。如食有余，则愈切不可与咸酸物食，食则减精神，昏暗毛色。
>
> （《茅亭客话·寄孔雀书》）

捕取之法，大概先"收孔雀雏养之，使极驯扰；致于山野间，以物绊足，旁施罗网。伺孔雀至，则倒网掩之无遗"（《北户录》）。或乘雨天，尤易捕取；盖孔雀是"每欲山栖，先择置尾之地，故欲生捕者，候雨甚，往擒之，尾霑而重，不能高翔，人虽至，且爱其尾，不复骞扬也"（《埤雅》）。孔雀的练尾，实在已成发展过剩的情势；所谓"翠尾自累其身"（《岭表录异》），并不是虚语。食物除上述外，一云亦可"饲以猪肠及生菜，惟不食菘"（《桂海禽志》）。

　　猗珍禽之何来，粲五色之华郁。擢双骹于空庭，乃点首而彳亍；角蓬松以特起，尾纷葩而欲秃。循阶除以数步，咮屡俯而不啄。闿长径之迢遥，目四顾而疑愕。离樊笼之乍解，不振迅而萧索。长引吭以不鸣，类欲诉而寥漠。于是，仆本恨人，壮怀易感，对斯禽而贻诧，情遽集于所览。谅中心之有违，乃凭栩而问讯。谓口噤以莫言，请臆对而神应。托元默以倾听，爰舒写于篇咏。尔其产遐陬，毓下土，间洪涛，越重阻；三代唐虞，此何处所？更秦历汉，侈意宫心。珠崖拓郡，儋象桂林。重译累堠，远极天南。索王府之琛贡，遂征及于鱼禽。惟斯名之一出，乃委祸而至今。嗟彼巧匠，胡为肆情？分雌雄而入画，合姚魏以为屏；曾颜色之足眩，乃晃耀乎丹青。无胡髡髯，亦以名经；侏离䃏䃏（tān tiān），乃效予声。又有伶人乐工，夸训虫蚁，对华筵之喧嚷，呈薄技而披靡。扬青鞦，值翠尾，腾觚爵以为欢，在予心而良耻。于是公子王孙，贪奇好异；闻佳名而竞喜，挥金帛以罗致；嗟进献之有时，奈斯求之无已。惟蛮惟猺（yáo），以货以市。尔乃缘巉（chán）岩而为弋，冠云日以张罝；连柯结蔓，以为储胥。苟一目之所暨，昭碧落其焉如？离俦失侣，绝母弃雏，怆哀鸣而谁念，竟快意于锥刀之余。于是委命归穷，飘流万里；闭以雕笼，饲以粟米；宁一饱之足谋，怅吾生之已矣。眷炎路以长怀，感寒燠之殊气；嗟俦匹其奈何，痛天属之暌异。虽五客之相从，亦南北之殊类。遇物感时，相顾垂泪；量陋质之郁臊，岂凫雁之同味？名虽载于陶仙，曰方家之所弃；何品别于咸凉，又见录乎藏器。曾祸福之由生，恨不效雄鸡之断尾。且其岭岫崎錾，林薄蒙密，山风海涛，昼夜豗（huī）击，动扤乎林根，溃沫乎崇壁。山妖木魅，闪尸于其巅，元猿鼯鼠，嚣啸于其侧。尔乃朝飞暮翔，群聚卵息；求偶命子，节节足足；纵流落而依人，亦羽衣之仙客。是余固不厌于危苦而无乐于闲逸也。若夫芝栭藻井之华，雕朱镂碧之饰，触之而惊，盼之而惕；物固有所宜，情固有所适。矧才能之何奇，敢无效而素食。长缔思以展转，愈怀慕乎畴昔。情靡乡而不凄，况今夕之何夕。陈情未既，戛尔长鸣；有怀余思，尚托歌声，歌曰："寒月惨兮元云愁，叶窣窣兮虫啾啾，故乡何许兮淹此留。惟圣贤之羁寄兮，哲智拘囚！何微禽之足迷兮，于天道而诟尤。良委情以若命兮，奈何乎休。"（林希逸《孔雀赋》。其序云："夫离合聚散，悲欢怨怼之情，非必含灵而具识者有之，物亦与有焉。而怀怅恨以相感者，又非必有族类俦侣者也。物亦我，我亦物也，奈何哉，其相物也。余往时读《鹦鹉赋》，戚然有动于余心，及今而见斯雀也，形神意趣，高怀远慕，怅然有异于常日，故采其情而为之赋以解之。"）

值峥嵘之岁暮，游佳丽之仙洲；见南方之奇鸟，立浦屿之清幽。性驯雅而弗惊，色儵爚（yuè）而寡俦。禀金火以成形，占文章之孔修。怒则危冠，闲则舒体。尾屡变而如云，貌恂恭而有礼。虽宝爱之周身，实珍奇之在尾。金闪灼而浮光，翠缤纷而极斐。步款移于幽木，舞按节而迤逦。屡却顾而自矜，每含情而独喜。见服彩而生嗔，疾文章之夺已。时晦阴以藏形，遇朝阳而刷羽。气纠纠而射人，声嘹（yǎo）嘹而逐侣。离炎方而更珍，非江北而为枳。遂飞鸣于华林，资饮啄于蓬芑。信音影而怀生，何伉俪之相比。固中礼之足称，亦明惠之可嘉。虽鹦鹉之能言，何灵表之堪夸。用君子之利登，虚虞人之网罗。曤金翠之无色，候锋刃之暗加。止则敛云，飞则散霞。骞扬乱目，丹彩夺花。虽嬉游于宫阙，终怀想乎云霄。望旧乡而延伫，处异域而兴嗟。远故山之群匹，怀岭表之珍池。类南冠之楚囚，魂怔忡而奈何。方其始也，千金勿惜，购自南邦，致不单来，到必叠双。跋山超海，逾岭越江。鸟尊人贱，地远威降。期一毛之不损，庶千金之可偿；保一二于千百，谨存没于毫芒。恐风土之弗宜，虑寒暑之相妨。经年岁而始至，岂日月之可将。载南海之淑质，供北人之奇观；睹闺阁之丽区，美台榭之雕阑；虑龟玉之毁椟，托微命于从官。若乃绮筵初秩，佳宾咸莅，罢丝竹之孔欢，命雅观于禽类。尔乃整步肃容，扬尾戢翅，褰首跻足，斜盼流视；意象如斯，动止无忌，举喙昂眉，似陈其意。我生何地兮，我处何乡？恨不如鸿鹄一举兮，万里翱翔。华屋非不可以娱乐兮，奈离恨之钻肠。抱幽衷以徒倚，历信美而徬徨；虽极人之观美，徒增己之悲伤。既来路之弗知，又云天之渺茫。不假容而强颜，将何虑而何思。断怀土之素心，忘异域之流离。身鹤凫而为群，心鸾凤而作比。不矜已以为高，每降志而自卑。终惠养以毕命。愿委身而承怡。庶无入而不得，类达人之随时。（张治道《孔雀赋》，又其序云：嘉靖庚子，余游藩府，见孔雀四：一雄三雌，佳丽闲雅，珍奇可爱。西北之人，不识此鸟，偶一见之，目耀神悚，众宾欢赏，余亦叹美。感异惊奇，触情动兴，惜王不授简，才阻即席。归为之赋，以遗同好。）

我们专图心目之娱，而强贼禽类的天性，读这两篇赋，可以深深地自省了。

6 应用

　　美丽的孔雀羽毛，颇有一些用途：现在或装饰于帽，和鸵鸟羽同样；或骈列为扇，或缀织为衣，大多用于演剧或跳舞。以旧记载考之，为用尤广。"采其金翠毛，装为扇拂，或全株生截其尾，以为方物"（《岭南异物志》）。"文惠太子织孔雀毛为裘"（《齐书》）。所用和今日同样。其他或如《楚辞》云："孔盖兮翠旌。"盖以孔雀羽毛做车盖。其华丽之状，如魏文帝时："于阗王山习所上孔雀尾万枝，文彩五色；以为金根车盖，遥望耀人眼。"（《世说》）或如："南蛮盘盘，以孔雀羽饰纛（dào）。"（《唐书·盘盘传》）或如："婆利王左右持白拂、孔雀翣（shà）。"（《唐书·环王传》）都是用作尊贵的装饰物。至如《墨庄漫录》所云："孔雀毛著龙脑则相缀，禁中以翠尾作帚。每幸诸阁，掷龙脑以辟尘秽，过则以翠尾扫之，皆聚无遗者，亦若磁石引针，珀琥拾芥，物类想感然也。"未知确否。取其羽毛，据云："生取则金翠之色不减。"（《岭南异物志》）甚言之者，如《纪闻》云："土人取其尾者，持刀于丛篁可隐之处自蔽，伺过急断其尾。若不即断，回首一顾，金翠无复光彩。"自然是不足信的虚言。

　　孔雀的羽毛，虽然美丽，据说却有大毒："不可入目，令人昏翳。"（《本草纲目》）也相传顶端一二寸浸于酒中，饮之致死。小儿衔于口中，亦易殒命。但肉则普通也供食用。"谷民烹食之，味如鹅，解百毒"（《纪闻》）。"或遗人以充口腹，或杀之以为脯腊"（《岭南异物志》）。"龟兹国孔雀群飞山谷间，人取养而食之，孳乳如鸡鹜，其王家恒有千余只"（《魏书·西域传》）。在欧洲，古时也用作奢侈宴席上的佳肴。演说家和腾细（Hortensius），最初在罗马用以飨客，孔雀肉被他们认为是第一的食品；而舌和肝脏，尤被重视。

7 白孔雀

　　孔雀的羽色，除我们熟知的华美的以外，还有偶然纯白色的个体。据西洋的传说，以为此种白孔雀，也是原产印度的。后来北进至挪威，在寒冽的气候下，于冰封雪飘中，金翠骤退，变作雪白了。雌鸟极爱石卵，就以为真真的卵，在冰雪中很热心地孵伏着。这也是一个很有趣味的传说。在我国，白孔雀自然又是当作祥瑞的了。只有一则记事，见于《述异记》，云："宋武帝大明五年（461），广郡献白孔雀，以为中瑞。"

鹌鹑

1 形态与习性

　　《禽经》注：鹧鸪"似雌雉，……黑白成文。"《本草纲目》鹧鸪："头如鹑，臆前有白圆点如真珠，背毛有紫赤浪文。"今以雷鸟科（Tetraomidae）中学名 *Francolinus pintadeanus pintadeanus*（Scopoli）者为此鸟。大如鸠，头顶暗紫赤色，体上面灰色至灰褐。嘴红，颊和喉带黄褐；眼近旁有横走的黑条纹。覆耳羽赤褐。肩羽茶灰。尾羽中央灰褐，在外侧者羽尖暗赤褐。腹部带黄，下尾筒和腹部同色，脚深红。

　　栖息地上，常成小群。以昆虫、蚯蚓等为食饵。营巢土穴中，以草叶等造成；旧说："夜飞则以树叶覆其背上。"（《古今注》）"鹧鸪有时夜飞，飞则以木叶自覆其背。古笺云：'偃鼠饮河，止于满腹；鹧鸪衔叶，才能覆身。'此之谓也。"（《埤雅》）云云，想系此种造巢习惯所引起的误解。每产卵约十五六枚，淡黄褐色，经20余日而孵化。雄鸟也尽保护幼雏的责职。分布我国南部、缅甸、安南、暹罗及婆罗门等处。

　　《禽经》云："随阳越雉，鹧鸪也。晋安曰怀南，江左曰逐影。"《北户录》云："又一名栩。"《琅嬛记》云："鹧鸪一名内史，一名花豸（zhì）。"异称大概尽于此了。"鸣常自呼"，鹧鸪就是它的鸣声。越雉当以形似雌雉，并产于南方之故。怀南一名，下文详之，其余诸名，未审何义。

2 飞必南翥

　　《禽经》云："飞必南翥，晋安曰怀南。"张华注云："鹧鸪其鸣自呼，飞必南向，虽东西回翔，开翅之始，必先南翥，其志怀南，不徂北也。"《北户录》引《广志》云："鹧鸪鸣云，但南不北。"如是云云，定由人想象其鸣声的沉怨，而后意造成之。《埤雅》以为亦"胡马嘶北之义"，于是将鹧鸪变作一种深负幽恨哀思的鸟类；在我国文学上，也就占着了一个相当的位置。咏鹧鸪的诗真多呢，好的也不少，不妨尽量的抄录几首在这里，而且我们决不至于因为多读了就生厌的：

　　　　苦竹岭头秋月辉，苦竹南枝鹧鸪飞。嫁得燕山胡雁婿，欲衔我向雁门归。山鸡翟雉来相劝，南禽多被北禽欺。紫塞严霜如剑戟，苍梧欲巢难背违。我今誓死不能去，哀鸣惊叫泪沾衣。

　　　　　　　　　　　　　　　　　（李白《山鹧鸪词》）

　　　　可怜鹧鸪飞，飞向树南枝。南枝日照暖，北枝霜露滋。露滋不堪栖，使我夜常啼。愿逢云中鹤，衔我向寥廓。愿作城上乌，一年生九雏。何不旧巢住，枝弱不得去。何意道苦辛，客子常畏人。

　　　　　　　　　　　　　　　　　（韦应物《鹧鸪啼》）

　　　　山鹧鸪，朝朝暮暮啼复啼，啼时露白风凄凄。黄茅冈头秋日晚，苦竹岭下寒月低。畬田有粟何不啄？石楠有枝何不栖？迢迢不缓复不急，楼上舟中声闇入。梦乡迁客辗转卧，抱儿寡妇彷徨立。山鹧鸪，尔本此乡鸟，生不辞巢不别群，何苦声声啼到晓。啼到晓，惟能愁北人，南人惯闻如不闻。

（白居易《山鹧鸪》）

湘江烟水深，沙岸隔枫林。何处鹧鸪飞，日斜斑竹阴。二女虚垂泪，三闾枉自沉。唯有鹧鸪啼，独伤行客心。

越冈连越井，越鸟更南飞。何处鹧鸪啼，夕烟东岭归。岭外行人少，天涯北客稀。鹧鸪啼别处，相对泪沾衣。

（李涉《鹧鸪词》）

好倚青山与碧溪，刺桐毛竹待双栖。花时迁客伤离别，莫向相思树上啼。

（罗邺《放鹧鸪》）

暖戏烟芜锦翼齐，品流应得近山鸡。雨昏青草湖边过，花落黄陵庙里啼。游子乍闻征袖湿，佳人才唱翠眉低。相呼相唤湘江阔，苦竹丛深春日西。

（郑谷《鹧鸪》）

江天梅雨湿江篱，此处香烟是此时。苦竹岭无归去日，海棠花落旧栖枝。春宵思极兰灯暗，晓月啼多锦幕垂。惟有佳人忆南国，殷勤为尔唱愁辞。

（前人《侯家鹧鸪》）

画中曾见曲中闻，不是伤情即断魂。北客南来心未稳，数声相对在前村。

（张咏《闻鹧鸪》）

绿树残春外，双飞锦翼齐。长沙有迁客，莫向雨中啼。

（王恭《鹧鸪》）

郑谷即以鹧鸪诗得名，时人称他为郑鹧鸪，与崔鸳鸯、张孤雁、袁白燕，同为文学上有名的逸话。

赤胸山鹧鸪

·213·

3 行不得也哥哥

鹧鸪的鸣声我们将它拟似起来，照上文所说，已有二种，一为自呼，即"鹧鸪"；一为"但南不北"。而《南越志》云："鹧鸪其名自呼杜薄州。"亦鹧鸪之音略转耳。此外，还有一个最普通的记录，则为"钩辀格磔（zhé）"。《本草纲目》云："鹧鸪生江南，鸣曰'钩辀格磔'者是。有鸟相似，不作此鸣者，则非矣。"故李群玉《九子坂闻鹧鸪诗》云："落照苍茫秋草明，鹧鸪啼处远人行。正穿屈曲崎岖路，又听钩辀格磔声。曾泊桂江深岸雨，亦于梅岭阻归程。此时为尔肠千断，乞放今宵白发生。"又韦庄《鹧鸪》诗云："南禽无侣似相依，锦翅双双傍马飞。孤竹庙前啼暮雨，汨罗祠畔吊残晖。秦人只解歌为曲，越女空能画作衣。懊恼泽家非有恨，年年长忆凤城归。"自注："懊恼泽家，鹧鸪音。""钩辀格磔"四字，似仅拟其声而已，不生什么意义；"懊恼泽家"韦庄个人所拟用，倒是音义双关的。后来通拟作"行不得也哥哥"，乃与"飞必南翥"同样寓有哀怨的意思，广为文人所称引：

> 山鸡之弟竹鸡兄，乍入雕笼便不惊。此鸟为公行不得，报晴报雨总同声。
>
> （黄庭坚《咏零陵李宗古居士家驯鹧鸪》）

鹧鸪鹧鸪，不知春色何负汝？每到春来声更苦。百年不得此身安，尚忆当时在行旅。尔不学大鹏一举培风，两翼如云垂；又不学篱边斥鷃，翱翔飞跃蓬蒿枝。黄陵庙前几春草，空遗怨恨传新诗。江南二月烟花乱，子子孙孙自呼唤。说尽人间行路难，凄风苦雨心肠断。

（马臻《鹧鸪篇》）

湘江两岸无茅宇，湘竹阴阴覆江渚。春来未听一声莺，只有鹧鸪啼暮雨。怜渠亦是他乡客，苦向人啼行不得。纵教行得也消魂，那个行人不头白。

（杨基《鹧鸪》）

鹧鸪新啼啼且急，草根露重声如塞。昔闻尔名未相识，今闻尔啼长叹息。试问哥哥行不得，何用一身生两翼？罗浮遥遥云似墨，山高水深道多棘。鹧鸪，鹧鸪，为尔泪沾臆。

（戴冠《丁丑道中闻鹧鸪》）

如此，"行不得也哥哥"一词，大约起源于宋代。《本草纲目》云："多对啼，今俗谓其鸣曰'行不得也哥哥'。"可见在明时犹流行于民间。大概此为民间的谐音，到宋代乃见于记录。《禽言》诗中，此题尤为广用，兹引数首如下：

行不得，唤阿兄，向晚夕，尤悲鸣。坦坦之途万人履，跛鳖不休跬千里，汝行不上可奈何？日暮途远无蹉跎！

（刘学箕《行不得哥哥》）

行不得也哥哥，瘦妻弱子羸悖驮。天长地阔多网罗，南音渐少北语多，肉飞不起可奈何？行不得也哥哥。

（邓光荐《行不得也哥哥》）

·215·

行不得也哥哥，未曙登程日已蹉。腹饥足趼可奈何，前山雨暗豺虎多。

（任士林《禽言》）

行不得也哥哥，千呼万唤奈尔何。黄陵花落暗春雨，湘江水深生素波。奋衣出门天地窄，仗剑欲往旌旗多。行不得，早归来，只今谁扫黄金台？

（桂琥《禽言》）

行不得也哥哥，十八滩头乱石多；东去入闽南去广，溪流湍驶岭嵯峨，行不得也哥哥。（丘濬《行不得也哥哥》序："金兵追宋隆祐后至漳赣，几及之，时人有词曰：'天晚正愁予，春山啼鹧鸪。'盖言行不得也。"）

行不得哥哥，天荆满，地棘多，含沙鬼域伺人过，奈若何？

（车林《鸟言》序："行不得哥哥，君子遭谗惧祸也。"）

行不得哥哥，行不得哥哥，天下到处皆风波。

（袁汝璧《禽言》）

4 饲养与应用

鹡鸰广供食用，《本草纲目》云："南人专以炙食充庖，肉白而脆，味胜鸡雉。"《闽部疏》云："闽人为之语曰：'山食鹡鸰麞（zhāng），海食马鲛鲶。'"盖禽类的肉，小形种类，每较细腻。而鹡鸰又极肥腴，故味极佳。现在日本已于数年前，向我国采取野鸟，携归放养于东京附近，使之繁殖，以供食用。我国的饲养，旧记载有宋代"零陵李宗古居士，唯一妻一女，垂老病足，养鹡鸰、鹦鹉以乐余年。"这是完全为玩赏性质，并不是为实利的。除外，也有饲作斗鸟的，《梦溪笔谈》这样的记录："尝有人善调山鹡，使之斗，莫可与敌。人有得其术者，每食则以山鹡皮裹肉哺之；久之，望见其鹡，则欲搏而食之，此以所养移其性也。"

捕取之法，《搜采异闻录》云："鹡鸰性好洁，猎人于茂林间净扫地，稍散谷于上，禽往来行游，且步且啄，则以糊竿取之。"而《酉阳杂俎》则云："鹡鸰飞逐月数，如正月一飞而止，但伏巢中，不复起矣。十二月十二起，最难捕，南人设网取之。"网取一法，大概是最普通的。

雁

1 雁白雁朱雁

  江南木落草衰，月白风清之夜，寥廓的长空中，随时可以见到一列或二三列的雁阵，自北向南地飞行。有时还可以闻见它们嗈嗈的鸣声。它们是从漠北带来了秋风，使我们从此感到萧飒的景象。它们也是一种普通的鸟类，和燕、雀、乌、鹊等鸟同样，自古即为我们所熟知；你看，古代有着这许多的记录；而且在礼节上，作为一种重要的物件：

  雍雍鸣雁，旭日始旦。士如归妻，迨冰未泮。

（《诗经》）

  饰羔雁者以缋。注："画布为云气以覆羔与雁，为相见之贽也。"

（《礼记·曲礼》）

  大夫相见以雁，饰之以布，维之以索，如执雉。

（《仪礼·士相见礼》）

  《方言》云："雁自关而东谓之鸠（gē）鹅；南楚之外谓之鹅；或谓之鸧（cāng）鸣。"《禽经》云："鸠以水言，自北而南；鳱以山言，自南而北。"注云："鸠音雁，随阳鸟也；冬适南方，集于江干之上，故鸠字从干。鳱亦音雁，春寒尽，雁始北向，燕代尚寒，尤集于山陆岸谷之间，故字从斥。"或云一名翁鸡，一名鸿鹈，一名鹰，都不知什么意思。

在动物学上，雁属于雁凫目，雁凫亚目，雁凫科，雁亚科，雁属（*Anser*），种名为 *A.albifrons*（Scopoli）。大小似鹅，形态也相同。体背面暗灰褐色。头的前方，即上嘴基部的周围，有广阔白色部分；这一部分的广狭，因雌雄、年龄、并个体的不同，而互生差异。翼的覆雨羽灰褐而有污白缘，体下面，地色白，胁呈灰褐，胸和腹部有粗大而不规则的黑斑。嘴和脚橙黄，爪白色。雌鸟形体稍小，前头的白色部分也狭。幼鸟缺前头的白色和胸腹部的黑斑。分布区域很广，亚、欧、美三洲的大部分，都见其踪迹。夏季在北方繁殖，冬季避寒于南方。旅程辽远者，远及非洲北部。

还有一种，称为弱雁（*A.minutus* Naumann）［*A.erytrropus*（L）］。形态与雁十分相似，唯体略小，因以为名。色彩较浓。嘴周围的白色部分，较前种广阔，达于头顶的中央。分布欧、亚两洲北部，冬季迁移到中南二部并埃及等处。其个体数，较普通的雁稀少。

白鹊、白燕等鸟，古人皆视作祥瑞，白雁本不是普通雁的白化个体，而是另一独立雁种，我们现在所知的雪雁（*A.hyperbereus* Pallas）就是。关于白雁，有一则近于神话的旧记载："龙头山在城二十里，白雁泉水出焉。相传汉高帝伐楚，过此山，士卒渴甚，见白雁惊起，得清泉其下，众因以济。"（《兖州府志》）还有一则有趣的寓言，显然是以白雁为一种普通的鸟类，见于《新序》，云："梁君出猎，见白雁群。梁君下车，彀弓欲射之。道有行者，梁君谓行者止，行者不止，白雁群骇。梁君怒，欲射行者。其御公孙袭下车抚矢曰：'君止！'梁君忿然作色而怒曰：'袭不与其君，而顾与他人何也？'公孙袭对曰：'昔齐景公之时，天大旱三年。卜之曰："必以人祀乃雨。"景公下堂顿首曰："凡吾所以求雨者，为吾民也。今必使吾以人祀乃且雨，寡人将自当之。"言未卒，而天大雨方千里者，何也？为有德于天而惠于民也。今主君以白雁之故，而欲射人，袭谓主君言，无异于虎狼。'梁君援其手与上车，归入庙门，呼万岁曰："幸者，今日也！他人猎得皆禽兽，吾猎得善言而归。'"

关于白雁的文艺作品，直到宋代的中叶，才见记载。想是个体稀少、与人不常接触，普通诗人少能见及的缘故。

波净影逾白，霜新鸣更哀。乾坤双鬓老，风雪一声来。林迥隐犹见，天长去复回。物情嫌太洁，莫使羽毛摧。

（赵秉文《白雁》）

北风初起易水寒，北风再起吹江干。北风三起白雁来，寒气直薄朱崖山。乾坤噫气三百年，一风扫地无留钱。万里江湖想潇洒，伫看春水雁来还。

（刘因《白雁行》）

万里西风吹羽仪，犹传霜翰向南飞。芦花映月迷清影，江水涵秋点素辉。锦瑟夜调冰作柱，玉关晓度雪沾衣。天涯兄弟离群久，皓首江湖犹未归。

（顾文煜《白雁》）

《汉书·武帝本纪》："太始三年（前94）二月，行幸东海，获赤雁，作《朱雁》之歌。"《汉书·郊祀志》："宣帝以立世宗庙，告祠孝昭寝，有雁五色集殿前。"《册府元龟》："贞元十一年（795）二月，同州献五色雁。"这两种特殊的雁类，不知合于现在的何种鸟类，记载不详，无从考证了。

2 雁鸣

秋冬景物不论露浓霜重，寒气森森；不论月白风凄，清光冷冷；不论落叶阵阵，山空野旷；不论衰草离离，一望无垠；在古人看来，无不足以动人离思，增人愁感。还有那雁啊，远飞高空之中，翙翙（huì）云霄之上，偶然发着一二嘹唳的鸣声，经过大气的激荡，空间的共鸣，越过云霞的阻碍，便成为又悠远，又凄厉的音调，于是称它为哀鸣。反映在诗歌里面，便都是满篇的凄凉和幽怨。

天月广庭辉，游雁犯霜飞。连翙辞朔气，嘹唳独南归。夜长寒复静，灯光暖欲微。凄凄不可听，何况触愁机？

（萧子范《夜听雁》）

远客惊秋雁，高楼复异乡。声兼边月苦，影落楚云长。此夜头堪白，他山叶又黄。年年洞庭浪，飘泊更无行。

（严羽《闻雁》）

客子起常早，月明殊可亲。一声沙嘴雁，匹马渡头人。顾侣鸣偏切，悲秋兴转真。兰闺梦回处，应忆客边身。

（苏澹《盐河闻雁》）

嘹亮关河远，徘徊旅思长。一天秋似水，满地月如霜，念尔心千折，凭传札十行。不堪游子泪，入北雁南翔。

（张位《夜闻雁有感》）

·223·

北风夜泊芦花渚，篷底青灯雁啼雨。水宿云翻路几千？更阑月落知何处？风尘澒（hòng）洞谁非客，怜汝南飞霜霰隔。哀鸣却似畏缯缴，塌翅何能传尺帛。岭树重重是故乡，故园诸弟日相望。寒宵听汝应敧枕，两地相思魂梦长。

（梁有誉《湖口夜泊闻雁》）

枕断烟波晓梦余，雁声悲切过匡庐。离人久望平安字，何事江东不寄书？

（谢承举《闻雁》）

万里翩翩度碧虚，月明送影意何如？也知一向郎边过，自是多情少寄书。

（杨宛《闻雁》）

在漫长的旧社会中，闻到雁鸣，只能兴起这样的愁思离恨，这有什么办法呢。末一首，不加雕饰，通体白描，委婉真挚，一片深情，倒是好诗。

3 雁的来去

　　雁是候鸟，如前文所说，这个现象，古人也早已明了。而且秋天南来，春天北去，更是一种极平常的事迹，似乎没有多大讨论的必要。但是鸟类移徙的现象，异常复杂，不妨趁此机会，叙述一下。

　　我们知道雁是在北方生育子女的，所以那些地方，可以说是它们的家乡，离开家乡，向南飞行的雁，古人称它为新雁或早雁。

　　暮天新雁起汀洲，红蓼花疏水国秋。想得故园今夜月，几人相忆在江楼？

（杜荀鹤《题新雁》）

　　湘浦波春始北归，玉关摇落又南飞。数声飘去和秋色，一字横来背晚晖。紫阁高翻云幂幂，灞川低渡雨微微。莫从思妇台畔过，未得征人万里衣。

（吴融《新雁》）

　　塞月程程远，星河字字疏。不眠沙外水，恐湿足间书。倦翮支风去，悲声落枕初。秋清人易感，政自不关渠。

（武衍《新雁》）

　　丛桂开还未，遥空有雁声。一行初著眼，万里最关情。边月随身久，江风振羽轻。会从相见后，秋思动芜城。

（黄霖《扬州早雁》）

这些新雁，经过怎样一条路向南飞行，而且到什么地方为止呢？请先看古人的答语。《山海经》云："雁门山，雁出其间。"《荆州图经》云："沮阳县西北有雁浮山，是《山经》所谓景山也。高三十余里，周回三百里，修岩遐亘，擢干干霄。雁南翔北归，偏经其上，土人由兹改山名焉。"《荆州记》云："雁塞北接梁州汝阳郡，其间东西岭属天无际；云飞风骞，望崖回翼。唯一处为下，翔雁达塞，矫翼裁度，故名雁塞，同于雁门也。"此种山名，甚觉有趣，只事实上，与雁的来去，未必真的能发生十分关系。衡山是我国南方的高山；衡山以南，气候也较为温暖，古人就以为雁只飞到衡山为止。他们说："衡州有回雁峰，雁至此不过，遇春而回。"（《楚志》）元与恭咏之云："宫路迢迢野店稀，薄寒催客早添衣。南分五岭云天远，雁到衡阳亦倦飞。"不过这也不是事实；这种意见，不知起源于何时。《唐会要》云："大历二年（767），岭南节度使徐浩奏十一月二十五日，当管怀集县阳雁来，乞编入史，从之。先是，五岭之外，翔雁不到；浩以为阳为君德，雁随阳者，臣归君之象也。"这要算最早的破旧记录的文字；至于辞句间所表现的无稽的思想，自然不是现在所要论列的。到宋代，寇准有《春陵闻雁》诗一首，也说雁是南过衡阳的："危栏秋尽偶来凭，霜落秋山爽气澄。谁道衡阳无雁过？数声残日下春陵。"现在我们确知，冬季雁一直到达台湾、闽、广等处，所谓"雁到衡阳亦倦飞"的话，自然应该更正了。

雁类南来以后，经过霜雪的严冬；待春之消息微微透漏，它们的归期，又在目前了。这时候它们重复离开云水缥缈的三湘洞庭，回到塞外漠北去，古人称它为归雁。

洞庭春水绿，衡阳旅雁归。差池高复下，欲向龙门飞。

（刘孝绰《赋得始归雁》）

万里人南去，三春雁北飞。不知何岁月，得与尔同归。

（韦承庆《南中咏雁》）

万里衡阳雁，今年又北归。双双瞻客上，一一背人飞。云里相呼疾，沙边自宿稀。系书无浪语，愁寂故山薇。

欲雪违胡地，先花别楚云。却过清渭影，高起洞庭群。塞北春阴暮，江南日色曛。伤弓流落羽，行断不堪闻。

（杜甫《归雁》）

万里衡阳雁，春来又北征。谁怜失群影，故作断肠声。朔漠风犹劲，关山月自明。素书吾欲寄，须到洛阳城。

（陆光宙《归雁》）

关于雁类来去的途径，在旧记载中，始终不能讲得明白。现在，可以引用科学上的材料，来补足这一方面的缺憾。赖吐税氏曾在我国沿海各地，研究多年鸟类，他以为："鹅的旅行路途，常与沿海并行飞去，但不在海边而稍在内地。"他又以为："鹅从不渡海而来。"又苏厄比氏说："这是的确的，野鹅冬季常在扬子江流域，北至黄河流域及其支流间，及陕西中部、河南、山西、直隶南部的平原上。这宗候鸟，有的方向大概正向北去，渡戈壁沙漠；别的则向东北。扬子江下游的芜湖县地方，冬季白面鹅是极多的；陕西、山西、直隶诸省，别种鹅类都有看到，但这种鹅却没有。然则这种鸟类取哪一条路到西伯利亚生产地去的呢？据我的意见，它是过黄海到高丽或日本，再从那里从东海滨省海岸及萨哈连岛，或千岛群岛及堪察加半岛而到西伯利亚的。"（周乔峰译《鸟类的移徙和它的航路》。按，雁英名 goose，故周氏译作鹅。）

这里不妨带便提及几项与雁的来去略有关系的琐事：第一，《西阳杂俎》云："临邑县有雁翅泊，旁无树木。土人至春夏，常于此泽罗雁鸟，取其翅以御暑。"取翅御暑，想必是用以制成现在的鹅毛扇一类东西了。第二，《南康记》云："平固县有覆笥山，上有湖，周回十里；有一石雁，浮出湖中。每至秋天，石雁飞鸣如候时也。"《浔阳记》也说："庐山顶有三石雁，霜降则飞。"此种神话，大概与古人借飞鸟以辨节候的习惯，略有关系。第三，对于各种飞鸟，如燕与鹤，古人常有为人递信携书的传说。雁是这样来去有序的候鸟，似乎很可以产生这类的传说；但只有一个假托的故事："匈奴徙武北海上无人处，使牧羝。昭帝即位数年，匈奴与汉和亲；汉求武等，匈奴诡言武死。后汉使复至匈奴，常惠请其守者与俱，得夜见汉使，具自陈道。教使者谓单于言：'天子射上林中，得雁，足有系帛书，言武等在某泽中。'使者大喜，如惠语以让单于；单于视左右而惊，谢汉使曰：'武等实在。'于是单于召会武官属，前以降及物故，凡随武还者九人。"

4 衔芦的传说

在雁之来去的现象中，古人还有一个奇怪的传说：他们以为"雁自河北渡江南，瘦瘠能高飞，不畏缯激。江南沃饶，每至还河北，体肥不能高飞，恐为虞人所获，尝衔芦长数寸，以防缯缴焉。"（《古今注》）这当然决非事实，《维园铅摘》亦早已辨之："《推篷寐语》：'雁北归必衔芦，越关则输之。'《淮南子》以为：'雁爱气力，衔以避缯缴。'俗传以为'过海投芦为桴，以息气力'；或云'输芦以供税'。供税之说诞矣。过海为桴之说，何秋来独无而春始芦耶？芦避缯缴之说，不知来时何以为避？且使上林射雁，芦何能避耶？予考雁从风而飞：春夏南风故北飞；秋冬朔风故南飞。秋冬过南，食肥体重，故借芦以助风力耳。塞北风高，则无事此，故投于雁门关。姑识之以俟明者焉。"作者的怀疑精神，极可佩服。只是他总打不破旧观念，还在圈子里转，非但不能将旧说推翻，自己又建立一个不可靠的假定。照现在推想起来，雁类自江南还河北达塞外，适当营巢育雏的时节，所以衔芦拾草，是事实上所可有的现象。不过，决不会用以避缯缴或助风力耳。

为桴供税二说，现在还没有找到别的记录；日本有雁浴并另一传说，与此相类，想即系转化而成。据云："奥州的边界，每年秋季，海中渡来的雁，均在此处落下一尺许长的树枝。此种树枝，是它们用在辽远的海程中，假如遇到疲倦就浮于水面，栖其上而休息。到达日本的时候，树枝已非必要，于是尽行舍去，极多极多的堆积起来；乡人集为燃料，以煮浴汤，是为雁浴。"另一传说，说是日本渡海的中国人所传去："中国北方，山西的北边，每年鸿雁来时，常常落下口衔的枯木细枝。土人集枝为薪以出售，每年价值达白银五万云。"

除衔芦一说外，雁与芦苇，还有着密切的关系；正如燕子与杨柳，在诗歌中，在绘画中，经常将它们连合在一起。诚以雁来江南的时候，景物已经萧条；它们栖息的旷野湖泽中，可以使我们感觉兴趣的，只有将残的红蓼，飘雪的芦花，互相掩映而已。——其实这并不是花；如絮如雪的芦花，乃是芦苇的种实；然而我们已经称惯了的是芦花，就不妨仍以芦花名之。

塞南秋水陂塘，芦叶萧萧半黄。直北飞来鸿雁，端疑个是潇湘。

（贺铸《秋水芦雁》）

江风飘尘白如练，征翰远赴芦花岸。寒雾昏昏渔火明，欲飞不飞行阵乱。相从万里多崎岖，呼鸣警察夜有奴。衡阳路远速归去，未可容易来江湖。

（叶茵《平沙落雁》）

拍天烟水接潇湘，芦苇秋风叶叶凉。何处渔郎夜吹笛？雁群惊起不成行。

（王泽《芦雁》）

风起芦花如醉，历历雁行成字。一点一声寒，霜重晓枫群碎。知未？知未？只在浅深河际。

（王衡《如梦令·芦雁》）

再看画吧。然而诗是可以转录的；至于画，我们不能选择几幅作为插图以当例证，只好仍用题画的诗来替代：

孤味双翎睡古香，芦花水浅海云黄。城头未落三更月，梦入青天万里长。

（任士林《四雁图》）

江岸芦花秋簌簌，江头旅雁群相逐，啄者自啄宿者宿。昨夜南楼闻北风，天长水阔云濛濛。何当舟一叶，櫂入芦花丛。

（杨一清《画雁》）

芦花瑟瑟水茫茫，落月沉沙夜未央。离思不禁天外雁，孤舟灯火客三湘。

（何澄《题画雁》）

5 雁阵和雁字

雁在迁徙时节中的飞行，每合群而成整齐的行列；这些行列，古人称之为雁阵，甚多形容于诗歌中：

> 绝塞霜早，阴山叶飞。有翔禽兮北起，常遵渚以南归。一一汇征，若阵行之甚整；嗷嗷类聚，比部曲以相依。……淮之北，漠之南；山如画，水如蓝。离离而霞彩旁衬，一一而波光远涵。旋成偃月之形，悠扬可爱；忽变常山之势，首尾相参。
>
> （田锡《雁阵赋》）

> 渡江秋影又南征，折苇衔枚夜不惊。冷聚圆沙盘地轴，晓浮寒水落天衡。风驰截破湘烟阔，云拥斜冲塞月明。洲渚网罗应有伏，横空千里不留行。
>
> （谢宗可《雁阵》）

雁阵的排列法，或单行横空，宛如写着一个"一"字；或双行相交，恰好形成一个"人"字；这些，我们称之为雁字，当然也是诗歌的材料：

> 草木落兮雁来宾，扬清音兮凌紫氛；迤逦而齐舒劲羽，联翩而宛类崩云。几阵斜飞，认初成于鸟迹；数行高耸，疑上杂

于天文。

（文彦博《雁字赋》）

只只衔芦背晓霜，尽随鸳鹭立寒塘。晓来渔榔惊飞去，书破遥天字一行。

（王奇《咏雁》）

芦花月底寄秋情，阵影南飞势不停。一画写开湘水碧，半行草破楚天青。云笺冷印虫书迹，烟墨浓模鸟篆形。题尽子卿心事苦，断文无数落寒汀。

（谢宗可《雁字》）

现在我乡的儿童，见雁阵横空时，常拍手呼之："雁鹅接长来，排个人人字；雁鹅团饭团，到我衣兜里。"前两句的意义很是明了；后两句大概要叫它们排作一个圆阵，飞到地下来。有时雁听了呼声，真的会将它们的阵势，变换一下，这是如何的可以鼓起儿童兴趣的啊？此种雁阵，以清晨傍晚或月明之夜，所见最多。盖不但是雁，各种候鸟的行动，多在夜间。欧洲人自昔以为秋季雁从月中下来，春季又回月中去，就完全因为在月光中多见雁的来去，乃有如是误解。

6 雁奴和孤雁

最早《禽经》说："夜栖川泽中，千百为群，有一雁不瞑，以警众也。"不知到什么时候，就演为雁奴的传说，说这羽警众的雁，乃是群中的孤雁。《玉堂闲话》记之已详，徐芳的《雁奴说》，描写更为精细；其间颇露故事递变转化的痕迹。一并录在这里，以资比较：

雁宿于江湖沙渚中，动计百十；大者居中，令雁奴围而警察。捕者俟阴暗无月时，藏烛器中，持棒者数人，屏气潜行。将及，则略举烛，便藏之；雁奴警叫，大者亦警，顷之复定。又复前举烛，雁奴又警。如是数四，大者怒啄雁奴。秉烛者徐徐逼之，更举烛，则雁奴惧啄不复动矣。乃高举其烛，持棒者齐入群中乱击之，所获甚多。

雁之性善睡，宿于野，恐人谋己，则使孤者司警；有所见，高鸣戛戛，若传呼然，群雁辄随之起，谓之雁奴。有黠者，贮火竹管中，潜行至近处摇之，火星喷出烂然，旋韬而伏。奴见火至，谓有寇，矍然而叫，群雁鼓翅交应。久之，寂然无所睹，于是怪奴欺己，小啄之，复就宿。少顷，伏者再起，举火摇动，奴又辄叫，群雁又辄应，已又寂然，则益怪，啄之加甚。如是数四火，即数四惊，又数四啄。奴见火之无害，而啄不胜苦也，

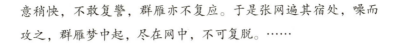

意稍快，不敢复警，群雁亦不复应。于是张网遍其宿处，噪而攻之，群雁梦中起，尽在网中，不可复脱。……

照徐芳这样记载，已经是一篇极好的文学作品。他续又说："自后捕雁者皆用其术。愚山子曰：'设警固将以防患也，今更以其警罪之，固不如无设矣，欲不罹得乎？至骈颈就絷，而后叹奴之忠而听之不早也，则何及矣！吾非悲睡雁也，悲奴屡啄而又以俱网也。'"但这只是寓言而已，黑暗之中，没有十分接近雁群，怎能辨别哪几只是雁奴，又怎能看清楚雁奴被啄的状况呢？

金元好问，有一首极有名的调寄《迈陂塘》的《雁丘词》，序云："太和五年乙丑岁，赴试并州。道逢捕雁者云：'今日获一雁，杀之矣。其脱网者悲鸣不能去，竟自投于地而死。'予因买得之，葬之汾水之上；累石为识，号曰雁丘。"他的词如下：

问世间、情是何物，直教生死相许？天南地北双飞客，老翅几回寒暑。欢乐趣，离别苦，就中更有痴儿女。君应有语，渺万里层云，千山暮雪，只影向谁去？ 横汾路，寂寞当年箫鼓，荒烟依旧平楚。招魂楚些何嗟及，山鬼暗啼风雨。天也妒，未信与，莺儿燕子俱黄土。千秋万古，为留待骚人，狂歌痛饮，来访雁丘处。

"悲鸣不能去，竟自投于地而死"云云，真实与否，我们自然不能肯定地说。但"渺万里层云，千山暮雪，只影向谁去？"那样的情景，真所谓生离死别，极人世的悲哀了。考雁的配偶习性，与鸳鸯相同，系一夫一妻制；所以失偶的孤雁，犹如孀妇寡女，凄凉哀怨，单调落寞，易使多感多愁的诗人，激起无限同情，而发抒于文辞之间。尤其雁是秋南春北的定期候鸟，对于飘零羁旅的人，最易受感兴愁，并且假设它或许能为人传递信息。

> 霜风渐紧寒侵被。听孤雁、声嘹唳。一声声送一声悲，云淡碧天如水。披衣告语，雁儿略住，听我些儿事。　塔儿南畔城儿里。第三个、桥儿外。濒河西岸小红楼，门外梧桐雕砌。请教且与，低声飞过，那里有、人人无寐。
>
> （《古今词话》：无名氏《御街行》）

这样的痴想，这样的憨念，当然我们是不能再绳以理智的枷锁；我们仿佛看见一个飘零万里的旅人，在秋夜霜风之中，闻着孤雁的哀鸣，感着无限忆家怀乡的离情，幽怨而难于自己。这种情愫，很普遍地留在人间心上，所以在无数的诗歌中，都表现着这类同样的思想：

> 天霜河白夜星稀，一声雁嘶何处归？早知半路应相失，不如从来本独飞。
>
> （梁简文帝《夜望单飞雁》）
>
> 失群寒雁声可怜，夜半单飞在月边。无奈人心复有忆，今暝将渠俱不眠。
>
> （庾信《秋夜望单飞雁》）
>
> 孤雁不饮啄，飞鸣声念群。谁怜一片影，相失万重云。望尽似犹见，哀多如更闻。野鸦无意绪，鸣噪自纷纷。
>
> （杜甫《孤雁》）

孤雁来何处？残声静夜飘。江空音澹澹，云重影萧萧。惯向风前急，偏从听处遥。秦川织锦妇，掩泪忆征辽。

（张储《闻雁》）

楚江空晚，怅离群万里，恍然惊散。自顾影、欲下寒塘，正沙净草枯，水平天远。写不成书，只寄得、相思一点。料因循误了，残毡拥雪，故人心眼。　谁怜旅愁荏苒。漫长门夜悄，锦筝弹怨。想伴侣、犹宿芦花，也曾念春前，去程应转。暮雨相呼，怕蓦地、玉关重见。未羞他、双燕归来，画帘半卷。

（张炎《解连环·孤雁》）

张炎就因这首孤雁词，驰名为"张孤雁"。而在张炎以前，更有一个鲍孤雁，见于《续诗话》："鲍当善为诗，景德二年进士及第，为河南府法曹，薛尚书映知府，当失其意，初甚怒之。当献《孤雁》诗云：'天寒稻粱少，万里孤难进。不惜充君庖，为带边城信。'薛大嗟赏。自是，游宴无不预焉，不复以椽属待之。时人谓之'鲍孤雁'"。鲍氏的诗，确是另辟蹊径：他的思想和前引数首的幽怨哀凉全不相类，却有抑郁率直的气概，活现在纸上。

如元好问所说的那种情形，好像不十分近于事实；然而同样的记载，其他还有呢。真耶？虚耶？何古人关心孤雁之甚也？

宗室振庵，市得一雁，羽毛摧落而声甚哀，悯而饲之。逾时，羽毛全矣；忽云中雁过，与此雁相应而鸣，声渐急渐哀。知其雌雄也；纵之，比翼和鸣，徘徊良久而后去。越岁，二雁复来，环振庵舍飞鸣，若报主人使相知也。

（《长治县志》）

应山有字雁媒者，宿媒沙中，诸群雁闻其声而至，则掩取之，三年矣。一日中，匹雁哀鸣而下，与媒交其项弗释，并死之。

（《续文献通考》）

万历初，北郭有崔伯通者，好鸟。畜一雁，逾岁颇驯；乃有一雁解群而下，交颈哀鸣，如泣如诉，观者狎至不惊，饮食之不顾。相持两昼夜，竟俱毙。

（《定兴县志》）

有娄生以缯弋为业。一日，捕得只雁，闭之笼中。其雌盘空，叫声甚苦。久之，自投而下。雄自笼伸颈就之，交结死。娄瘗之丛薄间，破置断缴，改业终其身。又江南一寺僧，罗得一雁，笼置窗前。秋夜，闻月中有孤雁声，与笼雁相随鸣答。俄而扑拉檐下，僧亟启视，则二雁交颈，俱毙笼旁矣。惜此僧从罗刹中来，不若娄能自忏其业也。

（《扬州府志》）

7 几则寓言

　　齐田氏祖于庭,食客千人。中坐有献鱼雁者,田氏视之,乃叹曰:"天下于民厚矣!殖五谷,生鱼鸟,以为之用。"众客和之如响。鲍氏之子年十二,预于次,进曰:"不如君言:天地万物,与我并生类也;类无贵贱,徒以小大智力而相制,迭相食,非相为而生之。人取可食者而食之,岂天本为人生之?"

　　　　　　　　　　　　　　　　　　　　(《列子·说符篇》)

　　庄子行于山中,见大木枝叶盛茂,伐木者止其傍而不取也。问其故,曰:"无所可用。"庄子曰:"此木以不材得终其天年。"夫子出于山,舍于故人之家。故人喜,命竖子杀雁而烹之。竖子请曰:"其一能鸣,其一不能鸣,请奚杀?"主人曰:"杀不能鸣者。"明日,弟子问于庄子曰:"昨日山中之木,以不材得终其天年;今主人之雁,以不材死;先生将何处?"庄子曰:"周将处夫材与不材之间。"

　　　　　　　　　　　　　　　　　　　　(《庄子·山木篇》)

　　天下合纵,赵使魏加见楚春申君曰:"君有将乎?"曰:"有矣!仆欲将临武君。"魏加曰:"臣少之时好射,愿以射譬之,可乎?"春申君曰:"可。"加曰:"异日者,更羸与魏王处京台之下,仰见飞鸟,更羸谓魏王曰:'臣愿为君引弓虚发而下鸟。'魏王曰:'然则射可至此乎?'更羸曰:'可。'有间,雁从东方来，更羸以虚发而下之。魏王曰：'然则射可至此乎？'更羸曰：'此孽也。'王曰：'先生何以知之？'对曰：'其飞徐而鸣悲；飞徐者，故疮痛也；鸣悲者，久失群也。故疮未息而惊心未去也。闻弦者音烈而高飞，故疮陨也。'今临武君尝为秦孽，不可为拒秦之将也。"

（《战国策》）

昔人有睹雁翔者，将援弓射之，曰："获则烹。"其弟争曰："舒雁烹宜，翔雁燔宜。"竞斗而讼于社伯。社伯请剖雁烹燔半焉。已而索雁，则凌空远矣。今世儒争同异，何以异是？

（《贤弈》）

旧记载中，这类寓言、逸事、传说、神话很多。若有人细心地搜罗采辑，用美丽的近代文字来复述一过，演成几册中国寓言、中国神话、中国物语之类的书，给儿童或一般人鉴赏，倒也是一桩有意义的工作！

凫

1 种类和形态

凫学名 Anas Platyrhyncha Platyrhyncha Linnaeus，属于雁鸭目，雁鸭亚目，雁鸭科的鸭亚科（Anatinae）。《本草纲目》云："凫从几，音殊，短羽高飞貌，凫义取此。"现在俗称为野鸭，以形似鸭而野生故。它的形态：雄鸟头部金属绿色；颈的中部，有一白色轮环。上脊褐色，散布灰色的虫蠹状斑。下脊暗褐色，羽缘色淡，腰绀色，尾羽中央四枚，与腰部同色，向上方卷起。其他的尾羽以及翼的拨风羽灰褐色。翼镜金属紫色，前后有白缘。胸部栗色，带黑味；腹面灰白，密布褐色细虫蠹状斑。嘴暗黄绿色，脚黄赤色。《广志》所谓"野鸭雄者赤头"。陆玑《诗疏》所谓："状如鸭而小，杂白青色，背上有纹，短喙长尾，卑脚红掌。"均指此言。雌鸟黄褐色，有褐色斑纹，颜面微淡，喉黄褐而有斑纹，胸部略浓。拨风羽并尾羽褐色而有黄褐斑。翼镜与雄鸟同样。幼鸟略同雄鸟。我国旧记载，关于它还有几个别名。《尔雅》云："鸦，沈凫。"鸦音施，为江东俗名。谓为沈凫，因它性好没水。《说苑》太子击献魏文侯以晨凫，以它有好在清晨群飞的习性。又《通志》云："俗呼水䴙（péi）。"《琅嬛记》云："凫，一名少卿。"均未详有何意义。

"郭氏解《方言》，称今江东有小凫，其多无数，俗谓之冠凫，善飞。"（《尔雅翼》）这大概就指现在普通的小凫（Anas crecca crecca Linn），只有凫的一半大，也是雌雄异色。雄鸟头和颈绿色，从眼到后头，有一条广阔的金属绿色白边带。下面：喉黑，以下白色，而上胸有黑色点斑；下胸和胁有黑色虫蠹斑。下尾筒黑，两侧各有一个黄白色斑。嘴黑，脚灰褐。夏季转变为相似于雌鸟。雌鸟，背面黑褐，有赤褐斑纹。下面带白味，胸和胁有褐和赤褐色斑纹。喉、颊及眼的后部黄白色，而有黑褐斑。翼的色彩，似雄而极钝。又《方言》云："野凫甚小而好没水中者，南楚之外，谓之鷿（pì）鷉。"鷿鷉即今俗名水葫芦（podiceps ruficollis poggei Reichenow）者，与凫为类缘较远的鸟类了。

李时珍说："海中一种冠凫，头上有冠，乃石首鱼所化也。"《南越志》云："化蒙县祠山上有池，池中有松凫，如今野凫，栖息松间，故俗谓松凫。"这两种究属是什么鸟类，都是只可存疑。前者或许是指锯齿鸭亚科（Merginae）中的海鸥（Mergus serrator Linn）及其同类。你们假如手头有关于鸟类学的专籍，就请查出对照一下，当知这是一种有冠的凫类；此处形态的记录，不再叙述。

杜甫有一首《白凫行》词云："君不见？黄鹄高于五尺童，化为白凫似老翁。故畦遗穗已荡尽，天寒岁暮波涛中。鳞介腥膻素不食，终日忍饥西复东。鲁门鹓鶋（yuán jū）亦蹭蹬，问道如今犹避风。"这当然也不知他是在指何种凫鸟而说。

《洞冥记》："影娥池中有升蕖鸭，赤色，每止于芙蕖上，不食五谷，唯呷叶上垂露，因名垂露鸭，一名丹毛凫。"《拾遗记》云："日南之南，有淫泉之浦，时有凫雁色如金，群飞戏于沙濑。罗者得之，乃真金凫也。昔秦破骊山之坟，行野者见金凫向南而飞至淫泉，后宝鼎元年（266）张善为日南太守，郡民有得金凫以献，张华该博多通，考其年月，即秦始皇墓之金凫也。"这是两则神话，金凫能飞去，自然不是事实。丹毛凫或许实有其物，只是难于确指罢了。

　　《晋书·张华传》："惠帝中，人有得鸟毛长三丈以示华，华见，惨然曰：'此谓海凫毛也，出则天下乱矣。'"鸟毛长三丈，已恐非事实；所谓海凫，更不知为何种鸟类。

绿头鸭

2 狩猎

　　凫的分布区域极广，欧亚美三洲的大部分，都见其踪迹。夏季在北方繁殖，冬季到南方避寒。来时，据说"东南江海河泊中皆有之，数百为群，晨夜蔽天而飞，声如风雨，所至稻粱一空"（《本草纲目》）。"群飞侣浴，戏广浮梁"，"集若霞布，散如云雾"（《文选》）。其繁生状态，可以概见。捕取以供食用，由来当然已久。《诗经》："将翱将翔，弋凫与雁。"《尔雅翼》："汉伙飞在上苑中结缯缴，弋凫雁，岁万头。"可见古代的猎取，均用射弋。明高启有《射鸭词》一首，就文义上推断，当时是使用媒鸟的；大概古代也必应用，只是起源何时，难于考查了。词云："射鸭去，清江曙；射鸭返，回塘晚。秋菱叶烂烟雨晴，鸭群未下媒先鸣。草翳低遮竹弓毂，水冷田空鸭多瘦。行舟莫来使鸭惊，得食忌猜正相斗。觜唼唼，毛襂襂，潜机一发那得知。"

　　现在最普通的猎法，就是枪击。而我乡用丝线结网，以张小鸟，有时也可捕得凫雁等较大的禽类；此法张网于山，故与《尔雅翼》所记古代张网于水的一法亦异。《尔雅翼》云："今江南大陂湖中，其说凫者，亦皆以网植两表于水，相去甚近，中网焉。以舟自前驱而逐之，率一获千百辈。"又唐代陆龟蒙有《禽暴》一文，文中记着当时猎法，乃用鸟㹀，他说："冬十月，予视获于甫里，旱苗离离，年无以支；忧伤盈怀，夜不能寐。往往有声类暴雨而疾至者，一夕凡数四。明日，讯其盰，曰：'凫鹥也，其曹蔽天而下，盖田所当之禾，必竭穗而后去。'予曰：'是岂无弋罗者捕而耗之耶？'对曰：'江之南不能弋罗，常药而得之：粺糦（bì xī）涂枝，丛植于陂，一中千万，胶而不飞。是药也，出于长沙豫章之涯，行贾货错，售与射鸟儿。盗兴已来，蒙冲塞江，其谁敢商？是药既绝，群凫恣翔；幸不充乎口腹，反侵人之稻粱。'予曰：'嘻！失驭之民化为盗，关梁急征，商不得行，使江湖小禽，亦肆其暴，以害民食。古圣人驱害物之民，出乎四裔，况害民之物乎？俾生灵之众，死乎盗，死乎饥，吾不知安用驭为？'"
虽然作者的着眼点，是在后半的寓意；但我们却从前半的文中，晓得了古代的一种猎法。

3 咏凫诗歌

《楚辞》云:"宁昂昂若千里之驹乎?将氾氾若水中之凫乎?"
《埤雅》释之云:"盖沉凫善没,而又容与,与波上下,故昔之散
人慕焉。"这个思想,很普遍地表现在诗文中,虽然关于凫的诗文,
并不甚多。最好的作品,大概要算王勃的《江曲孤凫赋》,文云:

梓州之东南,涪江之所合;有潭焉,周数十步,青壁绝地,
绿波澄天。常有孤凫,栖荡其侧,飞沉翻唳,而天性不违。嗟乎!
宇宙之容我多矣,造物之资我厚矣,何必处华池之内,而求稻
粱之恩哉?遂作赋曰:灵凤翔兮千仞,大鹏飞兮六月;虽凭力
而易举,终候时而难发。不如深渊之鸟焉,顺归潮而出没。迹
已存于江汉,心非系于城阙。吮红藻,翻碧莲;刷雾露,栖云
烟。迫之则隐,驯之则前;去就无失,浮沉自然。尔乃忘机绝
虑,怀声弄影。乘骇浪而神惊,漾澄澜而趣静;耻园鸡之恋促,
悲塞鸿之赴永;知动息而多方,屡沿洄而自省。故其独泛单宿,
全真远致,反复幽溪,淹留胜地;伤云雁之婴缴,惧泉鱼之受饵;
甘辞稻粱之惠焉,而全饮啄之志也。

下列各诗,有同样的意境:

衔苔入浅水，刷羽向沙洲；孤飞本欲去，得影更淹留。

（萧纲《咏单凫》）

回水浮轻浪，沙场弄羽衣；眇眇随山没，离离傍海飞。

（前人《咏寒凫》）

归凫沸卉同，乱下芳塘中。出没时衔藻，飞鸣忽扬风。
浮沉或不息，戏广若承空。春鹦徒有赋，还笑在金笼。

（江总《赋得泛泛水中凫》）

裁得尺锦书，欲寄东飞凫。胫短翅亦短，雌雄恋菰蒲。

（陆龟蒙《东飞凫》）

鸂鶒（chì）惜毛衣，喧呼鹰隼稀。云披菱藻地，任汝作群飞。

（李群玉《野鸭》）

泛泛水中凫，上下声相呼。徜徉信波浪，澡濯羞泥汗。晴
洲漾蘋荇，雨岸眠菰蒲。饮啄亦自足，飞游谁我拘？侯门大池御，
富屋夸庖厨。何惭久垂翅，未愿轻投躯。虽非黄鹄举，幸与白
鹭娱。逃烹笑穷雁，啄腐嗟饥乌。三秋熟粱稻，万里开江湖。
寄言泽中子，何用张网罗？

（李昭玘《泛泛水中凫》）

至于双凫，也和双燕、鸳鸯等同样，极为人所艳羡；原来，它
们的习性，和鸳鸯也是十分近似的，虽然或许确是没有鸳鸯那么真
切。"野鸭唼唼一双飞，飞来依池不肯归。莫共鸳鸯斗毛羽，鸳鸯情
性世间稀。"（王廷相《巴人竹枝歌》）其他，还有几首咏双凫的
诗歌，可以介绍于读者的：

·凫·

碧池悠漾小凫雏，两两依依只自娱。钓艇忽移还散去，寒鸦有意即相呼。可怜翡翠归云髻，莫羡鸳鸯入画图。幸是羽毛无取处，一生安稳老菰蒲。

双凫狎得傍池台，戏藻衔蒲远又回。敢为稻粱凌险去，幸无鹰隼触波来。万丝春雨眠时乱，一片浓萍浴处开。不在笼栏夜仍好，月汀星沼剩徘徊。

（吴融《池上双凫》）

双栖绿池上，朝去暮飞还。更忆将雏日，同心莲叶间。

（薛涛《池上双凫》）

双双纹羽弄清溮，全得天真似尔稀。万顷沧波供口腹，一梁寒日晒毛衣。雨归别岛呕呃语，风度前滩翁呷飞。好向中流最深处，等闲休上钓鱼矶。

（文同《咏凫》）

此地，还有一首好诗。你看仅仅用28个字描写下来，完全好似一幅图画：枯苇萧萧、烟云漠漠的情景，都活现在纸上了。"江天岁晚景凄凄，云脚底垂望欲迷。水鸟畏寒飞不起，黄芦枝上并头栖。"（贡性之《冻凫》）

鸳鸯

1 恋爱之鸟

据《江湖纪闻》载："宋时潮州有富人，江行见二子美貌，曰：'一兄一妹，双生也；早失怙恃，养于舅氏，舅母不容，丐以度日，年十三矣。'因携以归。兄能捕鱼，风雪不倦；得鱼献主之外，分为二子啖焉。妹专绣刺鸳鸯，毫毛俱备，极其工巧。居三年，女长，富人欲犯之，辄辞年幼不可强，题诗其襦间云：'觅得如花女，朝朝依绣床。百花浑不爱，只是绣鸳鸯。'兄曰：'依人为难，不如去之。'女题诗于壁曰：'终日绣鸳鸯，懒把蛾眉扫。且归水云乡，百年可偕老。'化双鸳鸯飞去。"你看鸳鸯是这样神韵飘然的少年男女的化身，是一对不慑于势利的高尚纯洁的恋爱者的替身，对于它，我们怎能不低回吟咏其绸缪旖旎的恋情呢？

朝飞绿岸，夕归丹屿；顾落日而俱吟，追清风而双举。时排荇带，乍拂菱花；始临涯而作影，遂蘸水而生花。亦有佳丽自如神，宜羞宜笑复宜嚬。既是金闺新入宠，复是兰房得意人。见兹禽之栖宿，想君意之相亲。

（萧纲《鸳鸯赋》）

两两珍禽渺渺溪，翠衿红掌净无泥。向阳眠处莎成毯，踏水飞时浪作梯。依倚雕梁轻社燕，抑扬金距笑晨鸡。劝君细认渔翁意，莫遣絙罗误稳栖！

（韩偓《玩水禽》）

　　蘋洲花屿接江湖，头白成双得自如。春晚有时描一对，日长消尽绣工夫。

（曹组《鸳鸯》）

　　芦叶青青水满塘，文鸳晴卧落花香。不因羌管惊飞起，三十六宫春梦长。

（汪广洋《鸳鸯》）

　　鸳鸯能被人用这样艳丽和谐的笔墨来描写者，实由于它是雌雄相匹的一夫一妻制的鸟类。古人见它们在清波明湖之中，鹣（jiān）鹣喁喁唼喋并游的神情，以为虽誓生死不相离异的热恋的情侣，亦无以过之。所以在这个习性上，形容过甚的，就说它是"匹鸟"："人得其一，则一思而至于死。"（《古今注》）而《淮安府志》更有一则似乎是实事的记录："成化六年十月间，盐城大踪湖渔父弋一雄鸳，刳割置釜中煮之。其雌者随棹飞鸣不去，渔父方启釜，即投沸汤中死。"这假如真的实有其事，那么人间古有殉节的烈女，这可谥之为烈鸳鸯了。

　　然而这世界，本来是一个悲苦的世界；我们人类，更是一种最愁惨的生物；而恋情的足以厄人，尤为必然的事实。视彼小鸟，乃反多"头白成双得自如"之乐，就不免易于引起人不如鸟的感想。于是，死于恋情的人，自来每多目之可以化作鸳鸯。例如《搜神记》中，有一个故事："宋康王舍人韩凭，娶妻何氏美，康王夺之。凭怨，王囚之，论为城旦，俄而凭乃自杀。其妻乃阴腐其衣，王与之登台，妻遂自投台；左右揽之，衣不中手而死。遗书于带曰：'王利其生，妾利其死，愿以尸骨赐凭合葬。'王怒弗听，使里人埋之，冢相望也。王曰：'尔夫妇相爱不已，若能使冢合，则吾弗阻也。'宿昔之间，便有梓木生于二冢之端，旬日而大盈抱，屈体相就，根交于下，枝错于上。又有鸳鸯，雌雄各一，恒栖树上，晨夕不去，交颈悲鸣，音声感人。宋人哀之，遂号其木曰相思树，相思之起于此也。南人谓此禽即韩凭夫妇之精魂。"长诗《孔雀东南飞》的结尾亦云："两家求合葬，合葬华山旁。东西植松柏，左右种梧桐。枝枝相覆盖，叶叶相交通。中有双飞鸟，自名为鸳鸯。仰头相向鸣，夜夜达五更。行人驻足听，寡妇起彷徨。"

在这样的意义上，鸳鸯就也成为一种深怨幽哀的动物；虽然看它是鹣鹣喁喁，融然陶然；但似乎它的内心，却有甚多的惆怅呢。试读几首满含此种深意的诗歌：

南山一树桂，上有双鸳鸯；千年长交颈，欢庆不相忘。

（《鸳鸯》）

君不见：昔时同心人，化作鸳鸯鸟。和鸣一夕不暂离，交颈千年尚为少。二月草菲菲，山樱花未稀。金塘风日好，何处不相依。既逢解佩游女，更值凌波宓妃。精光摇翠盖，丽色映珠玑。双影相伴，双心莫违。淹流碧沙上，荡漾洗红衣。春光兮宛转，嬉游兮未反。宿莫近天泉池，飞莫近长洲苑。尔愿欢爱不相忘，须去人间网罗远。南有潇湘洲，且为千里游。洞庭无苦寒，沅江多碧流。昔为薄命妾，无日不含愁；今为水中鸟，颉颃自相求。洛阳女儿在青阁，二月罗衣轻更薄。金泥文采未足珍，画作鸳鸯始堪著。亦有少妇破瓜年，春闺无伴独婵娟。夜夜学织连枝锦，织作鸳鸯人共怜。悠悠湘水滨，清浅漾初蘋。菖花发艳无人识，江柳逶迤空自春。惟怜独鹤依琴曲，更念孤鸾隐镜尘。愿作鸳鸯被，长覆有情人。

（李德裕《鸳鸯篇》）

雌去雄飞万里天，云罗满眼泪潸然。不须长结风波愿，锁向金笼始两全。

（李商隐《鸳鸯》）

江云碧静霁烟开，锦翅双飞去又回。一种鸟怜名字好，只缘人恨别离来。暖依牛渚江莎媚，夕宿龙池禁漏催。相对若教春女见，便应携向凤凰台。

（罗邺《鸳鸯》）

翠翘红颈覆金衣，滩上双双去又归。长短死生无两处，可怜黄鹄爱分飞。

（吴融《鸳鸯》）

绣缨霞翼两鸳鸯，金岛银川是故乡。只合双飞便双死，岂悲相失与相忘。烟花夜泊红蕖腻，兰渚春游碧草芳。何事遽惊云雨别，秦山楚水两乖张。

（吴融）

盘中一箸休嫌瘦，如骨相思定不肥。

（《山家清供》）

鸳鸯

2 鸳鸯与鸂鶒

现在以 *Æx galericulata*（L）为鸳鸯，其详细形态是：雄鸟额与头上金属绿色，后头铜赤并金属绿，这一部分的羽毛，向后延长作冠状。头的侧面：眼上方白色，下方并喉、颈等部，羽毛细长，作赤褐色。颈以下：背面橄榄绿有光泽；翼的初列拨风羽外羽瓣灰白色；次列拨风羽金属绿色，而末端白；内侧拨风羽外羽瓣金属青色，内羽瓣栗色，十分发达，成为扇形，微向上翘，特名为银杏羽。胸紫青色，侧部有黑白的二横条，胸以下的腹面白色。胁黄褐，有细微的虫蠹状斑。嘴和脚黄赤色，蹼则微微带黑。雌鸟头上并颈鼠色，其他背面橄榄褐色。眼围，从眼后方放射出的一纹并喉白色。胸部褐色，有多数白点。腹部白色。旧记载所云："大如小鸭，其质杏黄色，有文采。红头，翠鬣，黑翅，黑尾，红掌。头有白毛，垂之至尾。"（《本草纲目》）除大小符合外，形态好像不类；而另一种所谓鸂鶒（xī chì）者，反极近似。《尔雅翼》云："今妇人闺房中，饰以鸳鸯，黄赤五彩者，有缕者，皆鸂鶒耳。然鸂鶒亦鸳鸯之类，其色多紫，李白诗所谓'七十紫鸳鸯，双双戏亭幽'，谓鸂鶒也。"《埤雅》云："溪鹜五色尾有毛如船柂，小于鸭，沈约《郊居赋》所谓'秋鹥寒鹜，修鹇短凫'是也。"今之鸳鸯，胸为紫色，与《尔雅翼》所说"其色多紫"相符。翼有银杏羽，与《埤雅》所云"尾有毛如船柂"相当。考之《古今图书集成》所绘图，也显然鸂鶒即为今之鸳鸯。盖图中双翼确有上翘的羽毛一对。唯羽形长方，缘边作圆锯齿，且自翼的下侧上竖，将拨风羽蔽住；是乃图画的错误，正如其嘴，画作普通鸟的圆锥形，而不作凫类的扁平状，同样失于察物不精耳。头上有后向的冠毛一丛，则是很显明地表示着鸳鸯的特征。至于鸳鸯一图，概形为一对普通的小鸭，与今之鸳鸯，实大不类。如是，对于鸳鸯和鸂鶒，我们可以有两个假定：

（1）鸂鶒即鸳鸯，鸳鸯为古名，鸂鶒为后起之名。

（2）鸂鶒即今之鸳鸯；旧所谓鸳鸯者，系另有其鸟，但今不易确指。

试先就第一假定论之。《诗·小雅》有"鸳鸯于飞，毕之罗之""鸳鸯在梁，戢其左翼"云云，由是可知鸳鸯之最初记载，乃见于周代。而鸂鶒的名称，则后千余年，才见记录。谢惠连有《鸂鶒赋》云："览水禽之万类，信莫丽乎鸂鶒。服昭晰之鲜姿，糅玄黄之美色。命俦侣以翱游，憩川湄而偃息。超神王以自得，不意虞人之在侧。罗网幕而云布，摧羽翮于翩翩；乖沉浮之谐豫，宛羁畜于笼樊。"这大概可算最早的关于鸂鶒的文字。察文意，当时畜养的风习很通行。至于鸳鸯的畜养大概在汉代已经盛行，如《琅嬛记》云："霍光园中凿大池，植五色睡莲，养鸳鸯三十六对，望之烂若披锦。"凫类中，除鸳鸯外，实在没有别的更美丽的鸟类，可供玩赏；所以谢赋所云鸂鶒，或许即是南边某地方，对于鸳鸯的俗称，自经记载，遂和鸳鸯之名，一起广被人所采用。

但萧纲、李德裕、皮日休诸氏，都是将鸳鸯和鸂鶒分别为诗题咏；若同是一鸟，何以要采用两个名称呢？萧纲的《鸳鸯赋》并李德裕的《鸳鸯诗》已见于前，其余四诗，引录于此：

飞从何处来，似出上林隈。口衔长生叶，翅染昆明苔。

（萧纲《咏鸂鶒》）

清泚双鸂鶒，前年海上雏。今来恋洲屿，思若在江湖。欲起摇荷盖，闲飞溅水珠。不能常泛泛，惟作逐波凫。

（李德裕《鸂鶒》）

双丝绢上为新样，连理枝头是故园。翠浪万回同过影，玉沙千处共栖痕。若非足恨佳人魄，即是多情年少魂。应念孤飞争别宿，芦花萧飒雨昏昏。

细镂雕镂费深功，舞妓衣边绣莫穷。无日不来湘渚上，有时还在镜湖中。烟浓共拂芭蕉雨，浪细双浮菡萏风。应笑豪家鹦鹉伴，年年徒被锁金笼。

（皮日休《鸳鸯》）

镂羽雕毛迥出群，温磨飘出麝脐熏。夜来曾吐红茵畔，犹似溪边睡不闻。

（皮日休《奉和鲁望玩金鸂鶒戏赠》）

细绎这几首诗意，我们一些也找不到鸳鸯即鸂鶒的证据。再如陆龟蒙《玩金鸂鶒戏赠龚美》诗云："曾向溪边泊暮云，至今犹忆浪花群。不知镂羽凝香雾，堪与鸳鸯觉后闻。"李中《鸂鶒》诗云："流品是鸳鸯，翻飞云水乡。风高离极浦，烟冥下方塘。比鹭行藏别，穿荷羽翼香。双双浴轻浪，谁见在潇湘。"卢汝弼《鸳鸯》诗云："双浮双浴傍苔矶，蓼浦兰皋绣帐帏。长羡鹭鸶能洁白，不随鸂鶒斗毛衣。霞侵绿渚香衾暖，楼倚青云殿瓦飞。应笑随阳沙漠雁，洞庭烟暖又思归。"是则确认鸂鶒与鸳鸯，为二种不同的鸟类。又如《开元天宝遗事》，亦将二名并举，当然也是认为异种鸟类，其文云："五

·259·

月五日，明皇避暑游兴庆池，与妃子昼寝于水殿中。宫嫔辈凭栏倚槛，争看雌雄二㶉鶒游于水中。帝时拥贵妃于绡帐内，谓宫嫔曰：'尔等爱水中㶉鶒，争如我被底鸳鸯。'"

如是关于这个命名的问题，我们现在实是已经不能确定地加以整理。旧记载的歧出、紊乱、矛盾，并模糊，实由于：第一，当时《诗经》之所谓鸳鸯，究属是指何种鸟类，我们不能起古人于地下而问之，完全不能确知；所有各家的注释，也不过以意会得之，并非全然可靠。第二，谢惠连之所谓㶉鶒，他当时还是明知即是鸳鸯而采用新名，还是不知即是鸳鸯而采用此名，还是确知鸳鸯与㶉鶒，实为异种鸟类，我们现在都已无从考证。第三，数千年来，对于名实的关系，背离纷歧，各物皆然；诗人虽然描写歌咏，但实物之目击否，文字之真实否，均属难于断言。第四，形态的旧记载，概属极为简略；间有一、二点可以符合于实物外，余均为无足重轻的笔墨，据之亦不足以核对今之实物。大概降及近世，照一般通俗的见解，㶉鶒一名，已被遗忘，所谓鸳鸯，则就是 *Aix galericulata*（L. ）一鸟了。马贲有《㶉鶒图》，党怀英为之题词："双眠双浴水平溪，共看秋光卧两堤。谁信潇湘有孤雁，冷沙寒苇不成栖。"诸如此类的古画，我们若有相当的收集，对于这个问题，或许再可作一种新的研究。

现在只好丢开这个难解的问题，再来讨论一下鸳鸯和㶉鶒命名的起源及其异名。鸳鸯命名，据说有两种意义："终日并游，有'宛在水中央'之意也。或曰：'雄鸣曰鸳，雌鸣曰鸯。'"（《本草纲目》）《古今注》又给它一个别名：匹鸟。因为它常雌雄相匹的缘故。《涅槃经》谓之婆罗伽邻提，则是梵名的译音。

㶉鶒亦作溪鶒，亦单作鶒，亦名紫鸳鸯，均见前文。《遁斋闲览》云："㶉鶒能勒水，故水宿而物莫能害。"《淮赋》云："㶉鶒寻邪而逐害。"命名之意在此。或更以为"其游于溪也，左雄右雌，群伍不乱，似有式度者，故《说文》又作溪鸂也"（《本草纲目》）。照这样，鸂鶒的习性，和鸳鸯十分相像，所以关于鸂鶒的诗歌，也多表现恋情：

双鸂鶒，锦毛斑斓长比翼。戏绕莲蕖回锦臆，照灼花丛两相得。渔歌惊起飞南北，缭绕追随不迷惑。云间上下同栖息，不作惊禽远相忆。东家少妇机中语，剪断回文泣机杼。徒嗟孔雀衔羽毛，一去东南别离苦。五里徘徊竟何补？

（李绅《忆西湖双鸂鶒》）

锦羽相呼暮沙曲，波上双声戛哀玉。霞明川静极望中，一时飞灭青山绿。

（李群玉《鸂鶒》）

翠羽红襟镂彩云，双飞常笑白鸥群。谁怜化作雕金质，从倩沉檀十里闻。

（张贲《玩金鸂鶒和陆鲁望》）

于越城边枫叶高，楚人书里寄《离骚》。寒江鸂鶒思俦侣，岁岁临流刷羽毛。

（包佶《答顾况》）

在唐代，大概鸂鶒的饲养，特别盛行，所以陆龟蒙有《玩金鸂鶒戏赠袭美》诗，而皮日休、张贲均和之。杜甫有一首《鸂鶒》诗，也是对于饲养个体而吟咏的，诗云："故使笼宽织，须知动损毛。看云莫怅望，失水任呼号。六翮曾经记，孤飞卒未高。且无鹰隼虑，留滞莫辞劳。"而玄宗，即唐明皇，尤其为了杨贵妃的缘故，对于各种水鸟，十分搜罗。只要看《唐书·倪若水传》，若水以"贱人贵鸟"为谏，其时捕畜的炽盛，可以想见："玄宗遣中人捕鹌鹊、鸂鶒南方，若水上言：农方田，妇方蚕。以此时捕奇禽怪羽，为园籞之玩，自江岭而南，达京师，舟水陆赍，所饲鱼虫稻粱；道路之言，不以贱人贵鸟望陛下邪？"又，《唐书·地理志》有"河南道蔡州汝南郡土，贡双距溪鶩"的记载，可见当时对于此鸟十分注重，所以能观察到如是琐细的地方。凫类本不生距，后趾极小，不着于地。此处所谓双距，大概是偶然的生理上的畸形，生了两个后趾，和六指的人，多生一指同样。因其稍在上方，所以目为距了。

前文叙述鸳鸯的形态，还有一些未尽之处：即雄鸟夏季的羽毛，类似雌鸟；胸部斑点，不为白色，而为赤褐。古人不常经见自然物，不能了解变色的现象，遂目为祥异，特加记录。例如《宋史·五行志》云："庆元三年春，池州铜陵县，鸳鸯雄化为雌。"

鸳鸯的分布区域，为西伯利亚、日本、朝鲜以及我国。《本草纲目》谓："南方湖溪中有之。"实则北方也有产出。春季在山地营巢育雏。旧说"栖于土穴中"，不知确否？

鸳鸯亦有目之为神异祥瑞之鸟者，如《拾遗记》云："蓬莱山有鸟名鸳鸯，形似雁，徘徊云间，栖息高岫，足不践地，生于石穴中。万岁一交则生雏，千岁衔毛学飞。以千万为群，推其毛长者，高翥万里。圣君之世，来入国郊。"

既然讲到鸳鸯被目为神鸟，还有一个故事，见于《玉壶记》中，与说王谢到乌衣国，同样意趣，也就顺便录下罢："元和初，有元引、柳实者，俱从父为官，宰于爱州，二公共结行迈而往省焉。至广州，艤舟于合浦岸，飘风欻起，漂舟入于大海，抵孤岛而止。二公谒南溟夫人，夫人曰：'子有道，归乃不难。'命侍女曰：'可送客去。'

二子感谢拜别，夫人赠以玉壶一枚，题诗曰：'来从一叶舟中来，去向百花桥上去。若到人间扣玉壶，鸳鸯自解分明语。'二子因诘使者：'夫人诗云："若到人间扣玉壶，鸳鸯自解分明语。"何也？'曰：'子归有事，但扣玉壶，当有凭而应之，事无不从矣。'二子回岸，问道将归衡山；中途因馁而扣壶，遂有鸳鸯语曰：'当欲饮食，前行自遇耳。'俄而道左有盘馔丰备，二子食而数日不思他味。"

鸳 鸯

3 杂谈

　　鸳鸯既为止则相偶、飞则相双的恋爱者，我们富于魔术思想的古人，就在这个意义上，非常珍视它。如《白孔六帖》云："古人图鸳鸯于绣衣上，以其贞且义也。"古诗云："客从远方来，遗我一端绮。文彩双鸳鸯，裁为合欢被。"现在仍多用鸳鸯的图形，绣在枕衾衣鞋等上。古名刺绣的器具为鸳机，如钱起诗云："谁家少妇事鸳机。"李商隐诗云："几家缘锦字，含泪坐鸳机。"大概就因刺绣的图案，多有鸳鸯，乃以为名吧。

　　此外以鸳鸯为名的物件，还有许多：汉代有所谓鸳鸯被者（见《西京杂记》），已不知若何形式。五代有鸳衾，如《辍耕录》云："孟蜀主一锦被，其阔犹今之三幅帛，而一梭织成。被头作二穴，若云板样，盖以扣于项下，如盘领状，两侧余锦，则拥覆于肩。"瓦亦有名鸳鸯瓦者，大概是起源于一个无稽的故事："文帝问宣曰：'吾梦殿屋两瓦堕地，化为双鸳鸯，何也？'宣对曰：'后宫当有暴死者。'帝曰：'吾诈卿耳。'宣对曰：'夫梦者意耳，苟形言，便占吉凶。'言未卒，黄门令奏宫人相杀。"（《魏志·周宣传》）

　　植物中有一种鸳鸯草："春晚叶生，其稚荷（huā）在叶中，两两相向，如飞鸟对翔。"（《蜀中方物记》）究属何种植物，一时只好存疑。忍冬因其"花黄白相半，故有鸳鸯（藤）之名。"（《本草纲目》）同样，"菊花常相偶"者，名鸳鸯菊（见刘蒙《菊谱》）。

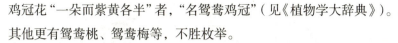

鸡冠花"一朵而紫黄各半"者,"名鸳鸯鸡冠"(见《植物学大辞典》)。其他更有鸳鸯桃、鸳鸯梅等,不胜枚举。

关于鸳鸯的意义,友人徐鼎臣兄曾指示两层意思,颇足采录,他说:

"一,鸳鸯之音,近似阴阳;盖鸳与阴、鸯与阳,均为双声字。紫黄各半的鸡冠花,名之为鸳鸯鸡冠,也可以说是阴阳鸡冠的讹转。"

"二,鸳鸯鸟雌雄不同色,我乡俗语,即以鸳鸯名事物之成双而形式或色彩不相同者。例如若有一人,他的面孔,左右微现大小,就名为鸳鸯面孔。或是一人,右足穿着一只缎鞋,而左足穿着布鞋;或者左足为白袜,右足为黑袜,就可以说他着了鸳鸯鞋子或鸳鸯袜。这个称呼,不知别处也有没有?"

末了,再引一个文学上的故事来作结罢。唐时崔珏以赋鸳鸯得名,时人就以"崔鸳鸯"名之。和袁白燕、张孤雁、郑鹧鸪,同样著名。

> 翠鬣红毛舞落晖,水禽情似此禽稀。暂分烟岛犹回首,只渡寒塘亦并飞。映雾乍迷金殿瓦,逐梭齐上玉人机。采莲无限兰桡女,笑指中流羡尔归。
>
> 寂寂春塘烟晚时,两心和影共依依。溪头日暖眠沙稳,渡口风寒浴浪稀。翡翠莫夸饶彩饰,鹡鸰(bì tí)须羡好毛衣。兰深芷密无人见,相逐相呼何处归?
>
> 舞鹤翔鸾俱别离,可怜生死两相随。红丝毵落眠汀处,白雪花成蹙浪时。琴上只闻交颈语,窗前空展共飞诗。何如相见长相对,肯羡人间多所思。
>
> (崔珏《和友人鸳鸯之什》)

北山雀

鹭

1 咏鹭的诗歌

白鹭，它冰清玉洁的羽色，修长秀雅的姿态，自然闲静的举动，青山绿水的生活，可以入画；苍松明月，逸趣宜人，可以咏诗；秋水斜阳，冲淡逾恒。所有关于咏鹭的诗歌，不论任何作家的文字，都是满含清幽淡逸的风趣，都有显豁明畅的意境。只要你是一个酷爱自然的人，不，只要你不是一个热衷功利的人，不是一个毫无诗趣的人，定然能够爱读这一类的诗歌：

白鹭下秋水，孤飞如坠霜。心闲且未去，独立沙洲旁。

[李白《白鹭鸶（cí）》]

白鹭拳一足，月明秋水寒。人惊远飞去，直向使君难。

（前人《赋得白鹭鸶送宋少府入三峡》）

亭亭常独立，川上时延颈。秋水寒白毛，夕阳吊孤影。幽姿闲自媚，逸翮思一骋。如有长风吹，青云在俄顷。

（刘长卿《白鹭》）

池上静难厌，云间欲去晚。忽背夕阳飞，乘兴清风远。

（钱起《晚归鹭》）

江南绿水多，顾影逗轻波。落日晴云里，山高奈若何。

（李端《白鹭》）

鹭鸶鹭鸶何处飞？鸦惊雀噪难久依。清江见底草堂在，一点白光终不归。

（元稹《和裴校书鹭鸶飞诗》）

　　白鹭儿，最高格，毛衣新成雪不敌，众禽喧呼独凝寂。孤眠芊芊草，久立潺潺石。前山正无云，飞去入遥碧。

（刘禹锡《白鹭儿》）

　　深窥思不穷，揭趾浅沙中。一点山光净，孤飞潭影空。暗栖松叶露，双下蓼花风。好似沧波侣，垂丝趣亦同。

（张祜《鹭鸶》）

　　余心怜白鹭，潭上月相依。拂石疑星落，凌风似雪飞。碧沙常独立，清景自忘归。所乐惟烟水，徘徊恋钓矶。

（李德裕《咏白鹭鸶》）

　　双去双来日已频，只应知我是江人。对欹雪顶思寻水，更振霜翎恐染尘。三楚几时初失侣，五陵何树又栖身。天然不与凡禽类，傍砌听吟性自驯。

（许棠《亲仁里双鹭》）

　　雪然飞下立苍苔，应伴江鸥拒我来。见欲扁舟摇荡去，倩君先作水云媒。

（陆龟蒙《白鹭》）

　　闲立春塘烟淡淡，静起寒苇雨飕飕。渔翁归后沙汀晚，飞下滩头更自由。

（郑谷《鹭鸶》）

　　惜养年来岁月深，笼开不见意沉吟。也知只在秋江上，明月芦花何处寻？

（李归唐《失鹭鸶》）

　　池塘多谢久淹留，长得霜翎放自由。好去蒹葭深处宿，月

·269·

明应认旧江秋。

（李中《放鹭鸶》）

　　双鹭雕笼昨夜开，月明飞出立庭隈。但教绿水池塘在，自有碧天鸿雁来。清韵叫霜归岛树，素翎遗雪落鱼台。何人为我追寻得，重劝溪翁酒一杯。

（徐夤《双鹭》）

　　雪衣飞去莫匆匆，小住滩前伴钓篷。禹庙兰亭三十里，相逢多在暮烟中。

（陆游《赠鹭》）

　　清溪欲下影先翻，只鹭还将双鹭看。绿玉胫长聊试浅，素琼裳冷不禁寒。

（杨万里《玉田观鹭》）

　　振振风生柳，沾沾雪点矶。白攒秋水立，青映暮天飞。

（吴师道《咏鹭》）

　　一引不觉就引了18篇，可以即此带住，进而讨论它的形态、习性、种类以及别的事项罢。

2 形态

　　这样闲淡幽逸的白鹭，它是一种林泽山野间很普通的水鸟，于动物学上，名为 Egretta garzetta（Linn），属于鹳鹭目 Ciconiiformes，鹭亚目 Ardeae，鹭科 Ardeidae。《诗义疏》云："因其所好洁白，谓之白鸟，齐鲁谓之舂锄，辽东、乐浪、吴扬，谓之白鹭。""亦曰独舂。"《丹徒县志》云："鹭，东坡呼为雪衣儿。"舂锄一名，亦见于《尔雅》，因为它"步于浅水，好自低昂，如舂如锄之状，故曰舂锄"（《本草纲目》）。《禽经》云："鹳飞则霜，鹭飞则露。"鹭的命名，乃以此故。因其全身洁白如雪，所以宋代李昉畜养于园，名之为雪客。白鹭身体瘦瘠，大如小形的鸡。颈极细长，眼的周围和眼前裸出，皮肤呈黄白色。嘴细长，稍稍左右侧扁；嘴峰强直，而尖端微微弯曲；与脚同为黑色，但趾为黄绿色。脚与趾都极修长，盖利于涉踏浅水污泥之中。杨万里诗所谓"绿玉胫长聊试浅"者就是。当繁殖时节，后头部生长羽二枚；自背以迄尾端，着生美丽的蓑羽，颈的前部，另生数枚细长的羽毛。颈上的二枚长羽，古人称之为丝，行立之时，翘然飘拂，有仙逸之概，极为可爱，故多形之于诗歌，例如：

　　　　鹭雏相逐出深笼，顶各有丝茎数同。洒石多霜移足冷，隔城远树挂巢空。其如尽在滩声外，何以双飞浦色中。见此池塘卿自凿,清冷太液底潜通。

(贾岛《崔卿池上双白鹭》)

朝客高清爱水禽,绿波双鹭在园林。立当风里丝摇急,步绕池边字印深。刷羽竞生堪画势,依泉各有取鱼心。我乡多傍门前见,坐觉烟波思不禁。

(顾非熊《崔卿双白鹭》)

西风淡淡水悠悠,雪照丝飘带雨愁。何时归心倚前阁,绿蒲红蓼练塘秋。

(许浑《鹭鸶》)

双鹭应怜水满池,风飘不动顶丝垂。立当青草人先见,行傍白莲鱼未知。一足独拳寒雨里,数声相伴早秋时。林塘得尔须增价,况是诗家物色宜。

(雍陶《双鹭》)

一点白如雪,顶粘丝数茎。沙边行有迹,空外过无声。高柳巢方稳,危滩立不惊。每看闲意思,渔父是前生。

(徐照《鹭鸶》)

这样的丝羽,乃由性择作用所促成。《埤雅》引《禽经》云:"鹭啄则丝偃,鹰捕则角弰,藏杀机也。"大概是一种意会的不可靠的解释。

3 生活

　　读过前面所引证的各篇诗歌，对于白鹭的生活情状，已可约略窥见一斑。它栖息的地方，主要在荒郊深林的湖泽之畔，或海滨沙滩之上。时或静静步行，时或仡立水际。意态看似异常闲适，其实它正在随时随地留意合适的食物，如鱼介之类，正所谓：

　　霏靡汀草碧，淋森鹭毛白。夜起沙月中，思量捕鱼策。

（顾况《白鹭汀》）

　　刻成片玉白鹭鸶，欲捉纤鳞心自急。翘足沙头不得时，傍人不知谓闲立。

（卢仝《白鹭鸶》）

　　袅丝翘足傍澄澜，消尽年光仁思间。若使见鱼无美意，向人姿态更应闲。

（来鹏《鹭鸶》）

　　斜阳淡淡柳阴阴，风袅寒丝映水深。不要向人夸洁白，也知长有羡鱼心。

（罗隐《鹭鸶》）

　　求鱼未得食，沙岸往来行。岛月独栖影，暮天寒过声。坠巢因木折，失侣遇弦惊。频向烟霄望，吾知尔去程。

（贾岛《鹭鸶》）

·273·

但同一捕鱼，若驾轮舶，施网罟，机声轧轧，巡游汪洋，我们就觉到这是一种机械的工作。若是一叶扁舟，一渔翁，一钓竿，一蓑衣，苍江明月，晚霞晓雾，则情景就似乎甚有诗意。自来的诗人，就都用这样的见解，去观察鹭类的猎食，而不用生存竞争的意念去解释它，所以歌辞之间，仍多情趣：

雪衣雪发青玉嘴，群捕鱼儿溪影中。惊飞远映碧山去，一树梨花落晚风。

（杜牧《鹭鸶》）

风格孤高尘外物，性情闲澹水边身。尽日独行溪浅处，青苔白日见纤鳞。

（欧阳修《鹭鸶》）

青苔白石鱼鳞腥，尽日独拳寒雨汀。疑是晴江沙上雪，黄昏一点不分明。

（叶颙《鹭立寒江》）

飞翔迂缓，但能在高空回翔。《埤雅》云："今鹭之集，每至水面数尺，则必低回少盘其势，与飞时径起特异；盖其天性舞而后下。故《诗》于'鹭于下'曰醉言舞，'鹭于飞'曰醉言归也。"此种解释，其实是未免言之过甚。不论何种鸟类，栖止的时候，都是要回翔几转的，不特白鹭是如此。张华云："鹭小不逾大，飞有次序，百官缙绅之象。《诗》以'振鹭'比百僚，'雍容'喻朝美。"此种解释，大概有见于移徙时群飞的情形而起。盖白鹭分布欧、亚两洲的南部并非洲，春季北徙，而秋又南归。用枯枝营巢于树上，粗杂而形大。

生殖时季的蓑羽，西洋妇人，用以插于帽上，作为珍贵的装饰品，价值甚巨，故广为搜捕。现在我国亦为出口货的一种。因之，对于鹭类的繁生上，极受影响。他日政治清明的时候，当从速订定保护鸟的规例，以限制捕猎。否则，可爱的白鹭，将尽被这些无谓的消耗牺牲而后已。《尔雅》注云："头翅背上，皆有长翰毛，江东人取为睫攡（lí），名之白鹭缞。"《南史》云："张融年弱冠，同郡道士陆静修；以白鹭扇遗之，曰：'此异以奉异人。'"现在睫攡已经没有。而扇大概用鹰雁等毛制成，白鹭也不再应用了。

苍鹭

4 苍鹭

鹭类之中，还有一种大形种类，为尽人所知者，是为苍鹭 Ardea cinerea jouyi（Sharpe），俗名饿杀青庄。体较鹤略小。头上地色白；顶、后头及其饰羽，均青黑色。颈灰白，有二三条纵行黑线。下颈的前部生柳条形的灰色饰羽。颈以下的背面，直至尾部，尽为青灰色。肩羽长，亦为柳条形。翼的拨风羽灰黑色。胸部并腹部白色，两侧有粗黑条。体侧呈青灰，嘴和颜面的裸出部黄色，脚暗绿，腿黄。幼鸟黑色较浓，下面散布黑斑纹。分布极广，欧、亚、非三洲的大部分均见之，亦远及澳洲的一部分。

这是一种极普通而且极有特征的鸟类，但并没有一些的旧记载遗留下来，甚觉奇异。或许是作者见闻有限，未及发现。

苇鸦（jiān）Ixobrychus sinens sinensis（Gmelin）色彩略似前种，而形体则遥小。它有一种奇异的习性，当它栖息芦苇丛中时，遇有人兽近前，并不逃避，反昂首直立，仡然不动。若敌害的地位移动，它也回转其体，总以腹面正对敌方。此种仡立的情形，几乎行近体旁，以手触之，亦不稍动。缘其颈和胸际，有长条形斑纹，与芦苇中的阴影相拟似，所以它想借此以欺敌目，实是保护色的一个适例。

5　鸡䴗

　　还有鸡䴗一种，亦属鹭类。《尔雅》名鸠，鸠字音肩。《说文》："一曰鸡卢。"《尔雅翼》："又谓之交精。"《本草纲目》："按《禽经》云：'白鹢（yì）相睨而孕，鸡䴗晴交而孕。'又曰：'旋目其名鹥，方目其名鸠（fāng），交目其名鸠。'观其眸子而命名之义备矣。《说文》谓之交睛，睛亦目瞳子也。俗呼茭鸡，云多居茭菰中而脚高似鸡，其说亦通。"《禽经》所云，有无意义，暂且不论；我们只晓得古人所以命名的缘故就算了。《博雅》以为："䴗渠，鸠也。"郭注《上林赋》："庸渠，似凫，灰色而鸡足。"《吴都赋》注作"䴗渠"。也是一种水鸟，与鸡䴗相似，或许就是鸡䴗。而《尔雅》的"鸥（jí）鸰鹥渠"，那是另一种绝不相类的禽鸟。

　　鸡䴗的形态，"大如凫鹜，而高脚似鸡，长喙如啄。其顶有红毛如冠，翠鬣碧斑，丹嘴青胫。"（《本草纲目》）"红毛为冠，翠鬣紫缨，驳羽朱掖，文彩烂然。"（《尔雅义疏》）也是美丽鸟类的一种，在诗赋之中，尤其描写得详细。

　　有南州之奇鸟，谅殊美而可嘉。生九皋之旷泽，游江淮之洪波。既剪翼以就养，还婉恋乎邦家。鸡䴗呈仪，若刻若画。鸢颈龟背，戴玄珥白。斑毛颊膺，驳羽朱腋。青不专绀，缥不擅赤。因宛点注，稀稠有适。其在水也，则巧态多姿，调节柔骨。

一低一仰，乍浮乍没。或游或舞，缤翻倏忽。若乃阳故多阴，殊方相求。见水则喜，睹火而忧。

（虞挚《鸥䴔赋》）

饮三芝之淳露，食六草之英芳。似金沙之符采，同锦质之报章。红毛覆臆，翠鬣垂心。浴波泳渚，浮广戏深。临高舞翮，映浅弄音。逐余晖而顾景，乘清吹而微吟。

（萧纲《鸥䴔赋》）

芝茎抽绀趾，清唳掷金梭。日翅闲张锦，风池去罥罗。静眠依翠竹，暖戏折高荷。山阴岂无尔，茧字换群鹅。

（杜牧《鸥䴔》）

覆按此种形态的记载，鸥䴔当即今之 Ardeola bacchus（Bonaparte），俗名花洼子或紫邬头。头部颈部及其附属的饰羽，均为栗色。腮和喉白，脊及其饰羽青黑。其他部分，均有纯白。嘴尖端黑色，基部青色，中部黄色。颜面裸出的部分黄绿，脚与之同色。冬季头与颈变为地色褐而散布黄褐纵斑，上胸有褐色斑。脊与肩羽灰色。分布遍蒙古、东三省以及我国全境，南至马莱、婆罗洲并安达曼群岛。

亦与鸳鸯等鸟同样，畜养庭园，以为玩赏。历史上有名的记载，如："鲁恭王好斗鸡鸭，养孔雀、鸥䴔，俸谷一年费二千石。"（《西京杂记》）"唐开元时，杨妃爱玩翡翠。春月，遣官诣江南，捕鸥䴔、翠鸟、鸂鶒等，欲置苑中。"（《白孔六帖》）遨游山林水泽的野鸟，因禁笼槛庭园间，在鸟的一方面设想起来，抗厄不安，当如何耶？故陆龟蒙有《鸥䴔》诗并序云："客有过震泽得水鸟所谓鸥䴔者贶予，黑襟青胫，碧爪丹喙，色几及项，质甚高而意卑戚畏人。余极哀其野逸性，又非能招累者，而因录笼槛，逼视窗户，俯

·278·

啄仰饮，为活大不快，真天地之穷鸟也，为之赋诗，拟好事者和：'词赋曾夸鹦鹉（zhǔ yù）流，果为名误别沧洲。虽蒙静止疏笼晚，不似闲栖折苇秋。自昔稻粱高鸟畏，至今珪组野人仇。防徽避缴无穷事，好与裁书谢白鸥。'"而《拾遗记》有云："糜竺家人，收鸐鹊数千头，养于池渠中以厌火。"是则不但为玩赏，且为实利的，虽然自今观之，乃是一种很可笑的迷信。

6 神话

关于鹭的事实记载，极为稀少；神话方面，仅见二三。《搜神后记》云："钱唐人姓杜，船行时，大雪。日暮，有女子素衣来岸上，杜曰：'何不入船？'遂相调戏，合船载之。后成白鹭飞去，杜恶之，便病死。"这是一则唯一的较有趣味的白鹭故事。又《太平广记》也有一段白鹭化为女子的事迹，但没有这样富于文学兴趣："晋建武中，剡县冯法作贾，夕宿荻塘，见一女子著缥服，白皙，形状短小，求寄载。明旦，船欲发，云暂上取行资。既去，法失绢一匹，女抱二束刍置船中。如此十上十失，法疑非人，乃缚两足。女云：'君绢在前草中。'化形大白鹭。烹食之，肉不甚美。"这大概是从前一个故事，演化而来；但反觉没有生气，没有诗意了。《树萱录》云："剡人贾传，于镜湖泊舟夜月，纵步于清流芳荷中，见二叟并语，一曰碧继翁，一曰篁栖叟，相对吟诗。贾遽揖之，化为白鹭飞去。"是则不变女子而成老翁；记载笔墨，倒与第一则同样有趣。

又《黎州图经》云："黎州通望县，每岁孟夏，有鹭鸶一只坠化。古老传云，众鸟避瘴，临去，留一鹭祭山神。又每郡主将有除替，一日前，须有白鹭鸶一对，从大渡河飞往洲城，盘旋栖泊，号为先至鸟；便迎新送故，更无误焉。"后段似为无稽之谈，或有一次偶然相值，就以为每次都如此了。前段似是一种纯粹的地方传说，惜只有这一点记录留下来，无从多加考察耳。

·鹭·

　　还有一种所谓苍鸦 Nycticorax nycticorax（Linnaens）者，性喜夜行，所以英名 Night heron，所发鸣声，殊为奇异哀厉。西洋和日本，对于它的习性上，都有一种神怪的解释。他们以为苍鸦夜间出行的时候，常常伫立池畔：胸部粉翮，对着水面，微微发光。鱼类慕光而来，它就可从容捕食了。此种鸟类的形态是这样的：前额，眉斑，颜面和体下面，全部白色；头上，后颈，脊和肩羽，黑色有绿光。后头饰羽 2~6 枚，白色。颈侧，后颈，翼，尾并体侧灰色。嘴黑，颜面的裸出部黄绿，脚暗黄。大与白鹭相似。幼鸟色彩，完全异样，我们另外给它一个名称，叫作星鸦。背面褐色，有黄褐斑纹，在头上和颈部者，为狭隘的纵斑，脊和覆雨羽有广阔的三角形斑。体下面白色，密布褐纵斑。拨风羽和尾羽灰褐而尖端白。分布极广，欧、亚、非三洲的大部分，都有它的踪迹。

跋

　　我总相信，世事都是偶然的结果，所以这一本小书，也是一件偶然的产物。

　　无聊的人生，只不过一个未来的梦想的追逐，和已往的美景的迷恋；一达到当前，总是空虚，失望，惆怅，烦闷。而况我已经失了童年美满的幻象，不敢再作任何的奢望。所以差不多是无从再往前跑了。只有来纪念一些可恋的幻灭的心迹吧！现在偶然借这本小书，或许可以纪念一些。

　　人也和有 homing 习性的白鸽儿同样，一遇机会总要向它的故乡飞去。我的家乡，虽不是名胜之处，也不失为山青水秀的一个地方，可以使人系恋。然而 20 余年来，和她会面的时间真少，或许就因此故，愈能牵系我的心意。山中，最合爱好自然的人脾胃。暮春天气，满山的杜鹃花，嫣红姹绛，烂漫绚丽，有如彩霞，宛似锦秀，尤为最足动人的一种景色。但幼年时候，并没有吟赏的意识，年岁稍大，复多忙于衣食，直到七八年前，还没有遇见这种美景的机会过。正在这时候，一次的夏夜，于月明云淡，群星闪烁，凉风习习，萤光点点的中央，和蕙妹谈起，明年春季，一定要当杜鹃花盛开的时候，到山上去走走。似乎这样一个预定，是再易于实践也没有的了。于是经过半载的异乡生活，重返故里，满山红杜鹃花，依旧开遍。只是蕙妹，却在去冬风雪飘飘之中，抛撇慈母弱妹以及一切忆念的人，与世长辞了。于是斜阳的途中，我抱着黯然的情绪，踽踽独行，上山折了满把杜鹃花，呈献她的灵前：这生离死别的怆痛，幽默的地下人，如何知道？只成为生者所永不可磨灭的伤痕罢了。前年，旧历的除夕，独自寄寓在上海，也是风雪的日子；于爆竹声中，伏处斗室，写成一篇关于杜鹃鸟并杜鹃花的文字，想用以遥慰亡妹的幽灵，这是偶然产生本书体例的第一篇文章。

去年秋天，偶然咯了一点的血，医生说是肺病的征兆，应该静养；于是暂时离了尘嚣的上海，回到故乡。这时候，想到飘泊十载，一无成就，反带了一个肺弱的身躯，回见双亲。尤其对了痴憨的幼儿、多愁的少妻，不免时兴幻灭之感。在这样的心境中，又继续写了黄鸟、鹡鸰、燕子、鸳鸯等20余篇的初稿。经过3个月，病不见增，身体也不见强壮起来，终于又回到了厌倦的沪上。在沪上，因为职业的羁绊，只能在晨兴晚睡之际，腾出时间，抒写一二。所以，经过长长的一载，才整理就了这20篇东西。还有半数的积稿，只好暂时压着，要待有适当的机会，再写成本书的续卷，来和诸君相见。

本来并不想真真的成为什么著作，最近，对于这个工作，兴趣也已不及初着手时那样好了；或许就只让这一卷书，单独地留在世间罢。

孙伏园、章锡琛、周建人诸先生以及恩师夏丏尊先生，揭载本书的几篇初稿于《贡献》《新女性》《自然界》《一般》等杂志上，使作者得一种预先就正于海内作家的机会，应致深诚的谢悃。全部参考书，都是徐鼎臣兄所借给；没有鼎臣兄的帮助，决不能完成这本小书。唐蔚如、查开良二兄，在故乡搜集了数则民间传说。吴文祺兄，指示了几处疑难；这都是作者所十分感激的。蒙夏丏尊先生冠以序文，钱君匋先生装饰封面，对于本书的出版上，赐予十分助力。这些师友之谊，足使作者寂寞的心海中，漾起无限涟漪。

稿成后，本与×××兄约定，要请他校阅一遍，不料，他竟于这时候入狱去了。在这个年头，入狱真变作一件平常的事。不知本书出世之日，×××兄已能恢复自由否？

1928 年冬日

赤颈百灵

参考书目

1. La Touche：*A Handbook of the Birds of Eastern China London.* 1925-7.

2. La Touche：*The Birds of the Province of Fohkien.*

3. Gist Gee and Lacy I.Moffett：*A key to the Birds of the Lower Yangtse Valley.* Shanghai，1917.

4. Gist Gee，Lacy I.Moffett and G.D.Wilder：*A Tentative List of Chinese Birds.* Pekin，1927.

5. Sowerby：*The Naturalist in Manchuria.* 1923.

6. W.L.Dawson：*The Birds of California.*

7. Neltje Blanchan：*The Nature Library*：*Birds.* 1926.

8. O. T.Miller：*The First and Second Book of Birds*，Boston.

9. *China Journal of Science and Arts.* Shanghai.

10. *Birds and Nature.* Chicago.

11. *Bird Lore.* New York.

12.（日）内田清之助《日本鸟类图说》

13.（日）内田清之助《鸟类学讲话》

14.（日）内田清之助《四季鸟类》

15.（日）川口孙治郎《杜鹃研究》

16.（日）间岛谦一《鹠鸪与鹑》

17.（日）鹰司信辅《饲鸟》

18.（日）金井紫云《花与鸟》

19.《科学知识》

20.《古今图书集成》

21.《渊鉴类函》（清以前记载鸟类的旧文献，上列二书，大部分都有辑入）。

22.郝懿行《尔雅义疏》

23.郝懿行《燕子春秋》

24.陈均《画眉笔谈》

25.林兰《鸟的故事》（北新书局）

26.贾祖璋《鸟类研究》（商务印书馆）

27.贾祖璋《普通鸟类》（商务印书馆）

28.贾祖璋《鸟类概论》（商务印书馆）

29.杜亚泉等《动物学大辞典》（商务印书馆）

30.周建人《自然界》（商务印书馆）

图书在版编目（CIP）数据

鸟与文学 / 贾祖璋著. — 北京：中国国际广播出版社，2017.1
（2020.7重印）
（科普大师经典馆. 贾祖璋）
ISBN 978-7-5078-3912-8

Ⅰ. ①鸟… Ⅱ. ①贾… Ⅲ. ①科学小品－作品集－中国－当代
Ⅳ. ①I267.3

中国版本图书馆CIP数据核字（2016）第263868号

鸟与文学

著　　者	贾祖璋	
策　　划	张娟平	
责任编辑	笑学婧　孙兴冉	
版式设计	国广设计室	
责任校对	徐秀英	

出版发行	中国国际广播出版社［010-83139469　010-83139489（传真）］
社　　址	北京市西城区天宁寺前街2号北院A座一层
	邮编：100055
网　　址	www.chirp.com.cn
经　　销	新华书店
印　　刷	日照教科印刷有限公司

开　　本	880×1230　1/32
字　　数	100千字
印　　张	9.5
版　　次	2017 年 1 月　北京第一版
印　　次	2020 年 7 月　第二次印刷
定　　价	48.00元